ベリーズ文庫

君がこの愛を忘れても、俺は君を手放さない

麻生ミカリ

STARTS
スターツ出版株式会社

目次

君がこの愛を忘れても、俺は君を手放さない

君がこの愛を忘れても、
俺は君を手放さない

プロローグ

　あれは、四年前。

　大学二年生だった綾夏（あやか）は、半年つきあった恋人と別れてバイトに明け暮れていた。

　あまりいい別れ方ではなかった。友人や姉からナチュラルボーンポジティブと言われる綾夏ですら、人生で初めてと言ってもいいほど落ち込んで、そんな自分が嫌になって出かけた渋谷（しぶや）だった。

　気晴らしにファッションビルを覗（のぞ）き、服やコスメ、アクセに散財し、自分らしくないことをしてしまった気がしてうつむきがちに坂道を上る。

　古い雑居ビルが並んだ一角は、駅前から少し離れただけで人通りが急に少なくなる。どこへ行くでもなく、綾夏はただ黙々と坂道を歩いた。上りきったら、何かが見つかるような錯覚に陥っていた。あるいは、夏の幻だったのかもしれない。

　ふと、右手に光るものを感じて視線を向ける。

　陽光が当たって、入り口ドアが反射で光っていた。

「ブックカフェ……ぬ、えゔぉ……?」

何語だろう。少なくとも英語ではない。

入り口は、ヴィンテージ感のある木製の扉がはめ込まれている。光っていたのは扉の上部だ。およそ全体の四分の一がガラス張りになっていて、縦二本、横一本の中桟で六個の正方形に区切られていた。ガラス部分が、角度によって光を跳ね返して見える。

気まぐれに中を覗くと、黒いカウンターにレジが置かれていた。

何かに引き込まれるようにして、綾夏は入り口扉のノブに手をかける。

あ、涼しい。

ドアを開けて最初に、顔に冷風を感じた。

店内は、入り口こそ一階だが半地下になっている。エアコンがよく効いていて、真夏の太陽に灼かれた体をひんやり包みこんでくれる。

「いらっしゃいませ。当店のご利用は初めてですか？」

店内に入ると、落ち着いた声音の女性が、腰から太腿までの黒いカフェエプロン姿で出迎えた。

「あ、はい。ブックカフェって、どういう……」

メディアで見かけたことはあったけれど、具体的にどのような店なのかはわからない。本が読めるカフェというのは、普通のカフェとどう違うのだろう。

尋ねかけたところで、背後のドアが開いた。

綾夏とスタッフの女性は、同時に入り口に顔を向ける。視線の先には、ドアのガラス部分から差し込んだ光を受けた男性が、左手で前髪をかき上げる姿があった。

「いらっしゃいませ。当店のご利用は初めてですか?」

スタッフの声がけに、男性が「ええ、初めてです」と硬質な低い声で答える。すらりと長い手足をスーツに包んだ彼は、よく磨かれたフロアを静かに歩いて綾夏の隣に立った。

「では、初めてご来店のお客さまがおふたりいらっしゃいますので、ご一緒に説明をさせていただきます」

女性スタッフの声が、店内に小さく流れるジムノペディのゆったりとしたピアノ演奏に重なる。

綾夏は無言でうなずいた。

「本日はご来店ありがとうございます。当店は会員制のブックカフェです。そちらの扉の奥にカフェスペースがあり、お好きな席でお好きな本を読みながら飲食をお楽しみいただけます。店内にある本は、どれも自由にお読みいただき、ご購入も可能となっています。フロアは全席が会話禁止となっていますので、ゆっくりおくつろぎください」

なるほど、レジカウンターの左手にさらに扉がある。あの向こうがカフェスペースになっているということか。

本が読める、その上、静かで涼しいだろう場所に心惹かれた。なにしろ今日はほんとうに暑くて、綾夏は心身ともに疲れ切っていたのだ。

「つまり、入店前に会員登録をする流れですね」

隣に立つ男性がそう言いながら、スーツの内ポケットに右手を入れて財布を取り出した。

なんとなく彼を見上げて、綾夏は息を呑んだ。

長身でスタイルのいい男性だとは気づいていたが、先ほどは逆光のせいで顔があまり見えていなかった。

——なんてきれいな男の人。

美形とかイケメンとか、そんな軽い言葉で表現するのが申し訳なくなる。

横顔は凛として、ひたいから鼻、顎にかけてのラインが芸術的なまでに美しい。

感情をあまり感じさせないクールな表情ではあるけれど、弧を描く眉も高い頬骨も、正しい位置におさまっている。

ただ立っているだけでこの場を支配する、刃を思わせる美貌。

それでいて、どこかに一ミリの孤独を抱えた彼の横顔から目が離せなくなった。

「何か？」

「いえ、なんでもないです！」

「そうですか」

ふたりは、それぞれ会員証を作って店内に案内された。

案内してくれたスタッフが、オーナーの姪でここの店長だったとあとになって知る。

「どうぞ、ゆっくりしていってくださいね」

――さっきの男の人は……。

離れた壁際の席で、彼はテーブルの上にアタッシェケースを置く。その中から、深みのあるネイビーブルーのカバーをかけた文庫を取り出した。

そうか。ブックカフェというのは、持ち込んだ本を読むのも自由なのか。

フロアライトに照らされて、黒髪の縁が金色に光って見える。荷物をテーブル脇のサイドバッグスタンドに置き、店内のオーダー用タブレットで彼はメニューを吟味している。

あの日、綾夏は気づいていなかった。
彼といずれ運命的な恋に落ちることになるなんて、想像もしなかった。
まだ何も知らない。
二十歳の、夏の日のできごと――。

第一章　はじまりの夏

　渋谷駅から徒歩十六分、ゆるやかな坂の途中にある古いビルの一階にブックカフェ『nuevo（ヌエヴォ）』が開店してから四年が経（た）つ。

　オープンしたその年の夏に、本上（ほんじょう）綾夏はこの店の常連になった。翌年からはアルバイトとして働き始め、三年目には大学を卒業して念願かなって社員となり、今に至る。

　店名はフランス語で『新たな』という意味らしい。都内に複数のネットカフェを営むオーナーが、読書家に愛される店を作りたいと立ち上げた。

　そのオーナーの姪である店長の笹原（ささはら）柚月（ゆづき）は、初めて来店したときに綾夏を案内してくれた人であり、今では直属の上司になった。

　長身でアルトの声を持つ柚月は、この店そのもの。落ち着いていて、多少のことには動じず、いつも静かに佇（たたず）んでいる。

「本上さん、休憩に入るからレジをお願いできる？」

「はい」

　四年前からこの店のスタッフがまとう制服は変わらない。

　スタンドカラーのシャツは袖口のロングカフスが特徴的で、布だけではなくボタンも糸もすべて潔いほどの白色だ。

　ボトムスは七分丈以上のパンツであれば色やデザインは自由で、ショート丈の黒いカフェエプロンを着用する。

　腰回りをぐるりと一周させた共布の紐を体の前で結ぶとき、綾夏は毎日、今日の仕事が始まるのを感じた。あるいは、今日という一日そのものがここから始まる。そんな気がする。

　シンプルだけどこだわりを持ったデザインの制服も、この店の雰囲気を作る大事な要素のひとつだ。

　こういったこまやかな意匠こそが店の売りである。

　ほかにも、ブックカフェとしてだけではなく展示スペースの貸し出しや月に数度のイベントなど、集客と売上のために今いる客と、これから店に足を運んでくれる客にアプローチする企画を実践している。

　先月は、貸し出しスペースで近隣にサロンをかまえるネイリストがデザインネイルの展示をしていた。テーマは花魁（おいらん）。長いネイルチップには、葛飾北斎（かつしかほくさい）を模した絵や、艶やかな着物を感じさせるデザインが描かれていた。

　毎月、第四土曜日には会員以外の客が入れるイベントを開催する。ＳＮＳで募集をし、読書系インフルエンサーを招いてテーマごとの読書会を行うのだ。ミステリー、恋愛、ＳＦ、ホラー、海外文学、ときには九〇年代ライトノベルなど、新規顧客開拓と読書家たちとの交流を目的にテーマを設定する。

　もちろん店の存続のためではあるけれど、そのためだけではない、と店長は言う。

「今は、スマホがあればどこでも電子書籍が読めるでしょう？　外出するときにわざわざ荷物を増やしてまで本を持ち歩く人は減ってしまった。だけど紙の本には、紙の本でしか味わえないものがある。わたしも電子書籍を読むけれど、それと紙の本は似て非なるものなの。だからこの店では、地域に根ざして本を読む文化を残していきたい」

　というのも、現在日本国内では書店の倒産、廃業、閉店が相次ぎ、この二十年で、全国の書店数はおよそ半数に減ってしまった。

　新たな書店形態であるブックカフェといえども、長期的に店を継続するのは非常に困難だ。

　二〇〇〇年以降、大型書店がカフェスペースを併設したことをきっかけに都内を中心として、ブックカフェと呼ばれる営業形態が始まった。

ブックカフェといっても、書店にカフェスペースを作るタイプと、カフェに読書用の書籍が並ぶタイプでは印象が異なってくる。

さらに、最初からブックカフェとして開店する nuevo のような店になると、新刊を置くか古書を置くかという違いも大きい。

――うちは、どちらかというとサイレントカフェの側面もある。

カフェフロアは、会話禁止。これがこの店の最大の特徴だろう。

もともと日本人の多くは、本を読むための場所で大きな声で会話しないようしつけを受けて育っている。

だが、完全に会話を禁止することで、一種独特の空気感が生まれるのだ。

レジのあるエントランスではピアノ曲を小さく流す。これは、あえてカフェフロアが無音だと実感してもらうための演出だと店長は言っていた。

完全に空調のコントロールされた、無音の世界。

本を読む客が大半だが、その中には黙って目を閉じている者も少なくない。

最初、客として店を利用していたときは、目を閉じている人を見て眠っているのかと思ったこともある。

だが、働くようになってわかったことだが、彼らは眠っていない。

音のない空間で、それぞれの仕事や学業、人間関係、恋の行方などを考えるのにちょうどいいらしい。

実際、店の近くに事務所をかまえる映画監督や、最近話題の歌人、何作も実写化されている少女漫画家なども来店している。

彼らは読書をしていることもあれば、瞑想していることもある。

以前、綾夏も真似をして、終業後にフロアのソファに座って目を閉じてみた。ものの見事に一分経たず眠ってしまったので、特に自分には無音の中で考えたいことはなかったようだ。

思えば、普段からベッドに入るとすぐに意識がなくなってしまう。

友人たちからは、学生時代に『綾夏は悩みがなさそうだね』言われていた。

いちばんの理解者である姉の千冬は、心が健やかな証拠だよと笑ってくれる。

よく言えばおおらか、悪く言えば大雑把。

たしかに、自分でも悩みの少ない人生だと思う。ひとつひとつ、小さな悩みを拾いあつめればゼロではないのだが、綾夏のモットーは「窮すれば通ず」と「待てば海路の日和あり」である。

前者は追い込まれたときにむしろ思いがけない活路が開けるという意味で、後者は待っていればいずれ機が訪れるという意味だ。

言ってしまえば、わりと真逆のモットーをふたつ掲げているのだが、それはそれでいちいち悩まない綾夏らしい。

大丈夫、どうにかなるよ。

いつだって綾夏はそう感じている。生きるということは、思い通りにならない。たとえば受験だって、たとえば恋愛だって。

力を尽くしても志望校に落ちることだってあるし、好きになった相手とうまくいくとは限らない。

それでも、どうにかなる。

――そういう意味では、受験も恋愛もあまりうまくいかなかったけど、就職は第一志望がかなった。

だから、今は毎日が幸せだ。

職場の人間関係は良好で、家族は円満、給与は特別高くはないけれど実家暮らしで困るほどの物欲も持ち合わせていない。

しいて言うならば恋愛面での充足はないかもしれないが、自分ではじゅうぶん満足している。


この四年間、綾夏はずっとひとりの男性を気にしていた。

気にしているというのは、あまりに遠慮がちな言い方かもしれない。

だが、恋と呼ぶには彼のことを何も知らないし、個人的な会話をした記憶もないのだ。


だから、いつもひそかにその人の来店を待っている。

彼が来た日はなんだか嬉しい。彼が来ない日は、少し寂しい。

あの日、四年前の夏の日に、偶然同時にこの店へ入店した彼。

綾夏がバイトをするようになり、その後社員として働くようになった今も、彼は常連として店に通ってきている。

職場は、道路を挟んで向かいのビル。店の前を掃除しているときなど、彼がそのビルから出てくるのを何度も見かけた。

午前中の空いている時間か、閉店間近の二十時ごろにやってきて、いつもホットコーヒーを注文する。

ときどき、昼休みに来ることもある。レアだ。

店に来ると、レジの前でかならずスマホをサイレントモードにする。そのせいで呼び出しの電話が来ても気づかないのか、たまに眼鏡をかけた男性が迎えに来るのだ。

――一ノ瀬優高（いちのせゆたか）さん。

会員証で名前は知っていた。けれど、彼の名前を呼んだことはない。

ただ、なんとなく。

彼を見つめているだけで、綾夏は幸せだった。

正面のドアが開く。

「いらっしゃいませ」

レジカウンターの中から顔を上げると、肩の水滴を払う優高の姿があった。外は、雨が降ってきたのかもしれない。

彼はスーツの内ポケットから長財布を取り出し、レジカウンターのカードトレイに会員証を置く。

綾夏も黙って会員証を裏返し、レジのコードリーダーで二次元コードを読み取る。

「こちら、お返しします」

会員証を返却すると、一ノ瀬優高は感情の感じられない声で「はい」とだけ返事をした。

かすかに、彼から雨の香りがする。

「よろしければお使いください」

そう言って、綾夏はカウンターからペーパータオルを差し出した。

道路を挟んですぐ向かいにあるビルから来たにしては、優高のスーツは濡れている。

「ああ、ありがとう」

にこりともせず受け取ると、彼は慣れたカフェスペースへ足を向けた。

——雨、降ってきたんですね、とか。ほかに何か言いようはあったかもしれないけど。


いち店員と常連客。

ふたりの関係性は、それ以上でも以下でもない。

今の距離だからこそ、安心できる何かがあるのだと感じている。

優高がエントランスから姿を消すと、綾夏は細く息を吐いた。

今日も会えた。

それだけで、閉店までがんばれると思った。

カフェの閉店時間になっても、まだ外から雨音が聞こえていた。

綾夏はバックヤードでエプロンをはずし、小窓を叩く雨粒を聞きながらロッカーを開ける。

たぶん、置き傘が一本あるはずだ。

ロッカー下部にある予備のシャツや、ショッパーに入ったタオルなどを避けると、その奥に折りたたみ傘がぽつんと取り残されている。

最後にこの傘を使ったのは、何年前だろう。もしかしたら、アルバイト時代かもしれない。

念のため、一応開いてみる。

目に見える問題はなさそうだと安堵して、傘を左手にバックヤードを出た。

カフェフロアは、防音になっている。無音が売りなので、車の走行音などが聞こえないよう徹底している。

客のいないフロアで、店長の柚月がタブレットとひたいを突き合わせていた。今日の精算作業をしているのだろう。

「店長、お先に失礼します」

「お疲れさま。気をつけて帰ってね。雨、降ってるみたいだから」

顔を上げずに、柚月が言う。

フロアを抜けて、エントランスに出ると、外の雨音が大きく聞こえてきた。

時刻は二十一時半。

湿度の高い電車に乗るのを考えると、少しだけ憂鬱になる。

入り口を出ると、電気の消えた看板の横に背の高いスーツの男性が雨宿りをしているのが見えた。

あれ、もしかして。

二度見せずともわかる。

一ノ瀬優高だ。

彼がこちらを一瞥して、目礼する。綾夏も軽く頭を下げた。

会話をするほどの関係ではない。けれど、無視するわけでもなく、距離のあるふたりの関係は相変わらずだ。

ざあざあと、夏の雨がアスファルトを打つ。

手にした折りたたみ傘が、かすかに重さを増したように感じた。

このまま、傘を開いて坂を下っていけばいい。去り際に、挨拶のひとつもして。

「……よかったら、入っていきませんか?」

けれど、綾夏の口は自分の意思とは別に動いていた。

あくまで、ただの親切心のつもりだった。

この近隣で働いていれば、たいてい渋谷駅を経由して帰ることになる。行き先が同じなら、濡れずに帰れるほうがいい。

特別な感情で声をかけたわけではなかったが、一瞬、わずかに彼の目が見開かれる。

次の瞬間には、いつもの感情を読み取れない顔で優高がこちらを向いた。

「いえ、結構です。車を呼んでいるので」

タクシーか。あるいは、誰かに乗せてもらうのか。

どちらにせよ、綾夏の出る幕ではなさそうだ。

――余計なお世話だったかな。

そう思ったとき、彼のほうからスマホのバイブ音が聞こえてきた。

「私だ。――ああ、そうか。事故で混雑しているなら仕方がない。タクシーを呼ぶ。――混んでいるから、すぐ来ない？　待てば来るだろう。アプリで配車を頼むから気にしなくていい。ああ、それでは」

短い会話は、隣にいれば全部筒抜けだった。

「聞こえてしまってすみません。配車、雨の日はなかなかアプリでも来ないですよ。やっぱり入っていきませんか？」

彼が、逡巡するのが伝わってくる。

中途半端に顔見知りの相手と一緒に傘を使うのは、ためらう気持ちもわかる気がした。綾夏だって、逆の立ち場だったら即座に「お願いします！」とは言えそうにない。

しかし、雨脚は強まるばかりだ。配車アプリをじっと見つめていた優高が、諦めたように小さく息を吐く。

「たしかに、アプリでも配車は難しいようですね。お言葉に甘えて、コンビニまで入れてもらっていいでしょうか」

「はい、もちろんです」

折りたたみ傘を開き、彼のほうにさしかけようとする。

すでに優高の革靴は、先端が雨で濡れていた。

「私が傘を持ちましょう」

彼は返事を待たずに、左手をこちらに差し出してくる。

ふたりの身長差は三十センチ近い。彼は日本人男性の平均よりかなり長身だ。

一五五センチの綾夏が傘を持っていては、ふたりとも濡れてしまうのは火を見るより明らかだった。

「ありがとうございます」

素直に傘を手渡すと、優高が気負わぬ仕草で距離を詰めてくる。

彼のスーツから、雨の香りがした。

いつもと違う距離に、少しだけ緊張してしまう。

そのまま無言で歩き出し、ふたりは駅へ向かう坂道を下っていく。

気にしているのは綾夏だけで、彼は普段どおりの無表情だった。

渋谷駅周辺に比べて、このあたりは人も車もまばらだ。古いビルと新しいビルが混在する中を、水を跳ね上げないよう気をつけて歩く。

横断歩道で立ち止まり、信号が青になるのを待ちながら、なんとなく彼を見上げた。

夜の雨が鼓膜を震わせる。

視線の先、優高の横顔は凛として精悍(せいかん)だ。ひたいと鼻の先端と顎のラインが、完璧な角度を描いている。

これほど近くで見上げる機会もなかなかない。だが、どこから見ても整った顔立ちをしていた。

あまりじろじろ見るのはよくないと思いつつ、目線を泳がせると彼の右肩が濡れているのに気づく。

綾夏のほうに傘を寄せすぎているのだ。

「あの、」

言いかけた唇が、言葉の続きを紡ぐより早く、

「危ない！」

優高が右腕で綾夏をぐいと抱き寄せた。

ザザッ、と大きく水音がして、足首に飛沫がかかる。

歩道に近い水たまりを通った車が、水を跳ね上げたのだろう。

「わっ、すみません！」

綾夏が濡れなかった分、彼の背中が傘で防ぎきれない水に濡れていた。

「謝る必要はないです。俺が勝手にやったことだ」

敬語がわずかにほどけ、一人称から堅苦しさが減った。普段の彼は、そういう話し方なのか。

ふたりの距離が、先ほどまでより縮まった気がした。それだけで、雨にも負けず心が弾む。

「でも、わたしをかばってくれたんですよね。だから、えーと……」

すみません、ではなく。ごめんなさい、でもなくて。

「ありがとうございます」

バッグからタオルハンカチを取り出すと、信号が青に変わった。

「気にしないで。横断歩道の向こうは、もうコンビニです」

彼は長い脚で一歩踏み出す。置いていかれまいと、綾夏もそれにならう。

一緒に歩いたのはほんの百メートル足らずだった。

コンビニの前で、優高は綾夏のほうに傘の持ち手を差し出した。

「助かりました。それでは」

「あっ……」

背を向ける彼に、何か言わなくてはと思う。

これがほかの常連相手なら「またお店で」とか、当たり障りのない挨拶だってできる。けれど、彼を前にするとそのひと言がどうしても言えなくて。

言葉の続きが見つからない綾夏に、優高が振り返った。

彼は無表情のままで、

「ありがとうございました。またお店に伺います」

それだけ告げると店内へ入っていく。

馴染(なじ)んだコンビニの入店メロディが聞こえて、自動ドアが閉まった。

——初めて、お店の外で一ノ瀬さんと話した。

鼻先を夏雨が香る。

夜の雨が、渋谷の街を濡らしていく。

——雨の香りだけじゃ、なかった。

車からかばってくれたとき、初めて彼の胸に抱き寄せられた。

ワイシャツからはムスクの香りがして、彼の体温が伝わってきた。

触れたのは、ほんの一瞬。

それなのに、いつまでも彼の香りとぬくもりが残っている。

雨はまだ、やまない。

§　§　§

あの雨の日から数日が過ぎ、優高とは店で会ってもいつもどおりの対応が続いていた。

それはあくまで、店員として。

いつもどおりの彼とは違って、綾夏は心の中で雨の日の彼の香りとぬくもりを思い出してしまう。

ほんの一瞬、普段とは違うふたりだった。それは事実だけれど、だからといって関係性が激変するほどの何かがあったわけでもない。

梅雨が明けて、東京に本格的な夏がやってくる。

折りたたみ傘は、またロッカーの奥に押し込められた。

厨房からグラスになみなみと注がれたアイスコーヒーを客席に運び、綾夏はトレイを胸に当ててふう、と息を吐く。

――今日はまだ、一ノ瀬さん来てないな。

昼近い時間だった。カフェフロアを見回して常連の姿を確認する。

平日の午前中から店を利用してくれるのは、ほとんどが常連客だ。最近では、ネットに掲載される『仕事をしやすいカフェ特集』などで紹介されることも増えたが、たいていは昼食時、あるいは午後のティータイムに新規の客が来ることが多い。

コーヒーや紅茶のバリエーションが豊富なnuevoには、読書以外の目的でやってくる人も少なくなかった。

「本上さん、今日わりと余裕あるから早めにお昼出て大丈夫だよ」

小声で店長にそう言われ、綾夏は黙ってうなずく。

スタッフといえども、カフェフロアでは無声音で話すのが常である。会話禁止なので、場合によってはすぐ隣にいてもスマホでメッセージのやり取りをすることも珍しくない。

時計を確認すると、十一時二十六分。

この近隣のオフィスビルで働く人たちが、ランチに出るより少し早い時間だ。

――そうだ。この前新しくオープンしたカオマンガイのお店に行ってみよう。この時間なら、まだ行列はできていないかも……。

エプロンをはずし、白いシャツと黒のパンツ姿で綾夏は職場をあとにする。

裏口のないこの店では、スタッフも客と同じくエントランスに面した出入り口を使用していた。

今日も、夏の太陽が渋谷の街を照らしている。

正面には、黒いガラス張りの現代的なデザインのビルがほぼ真上からの陽光を跳ね返していた。あのビルには、優高の働く会社が入っているはずだ。

ふと目をやれば、自動ドアから優高が出てくるところだった。

――もしかして、今からお店に来るのかな。

だとしたら、ちょうど休憩ですれ違いになる。残念に思いながらも、彼が来たら挨拶だけでもしていこうと足を止めた。

優高はこちらに気づくことなく、ポケットからスマホを取り出し耳に当てる。ちょうど電話がかかってきたらしい。

彼は太陽を避けるように駅方面を向いて立ち止まる。この時間帯だと、日陰はほとんどない。

――んー、通話中だと話しかけるのは無理だ。

やはり今日は縁がないのだろうか。

そう、思ったときだった。

彼の立つ歩道を、坂道の上から自転車がものすごいスピードで下ってくる。

「え……？」

アルミフレームの折りたたみ自転車。乗っている大学生くらいの女性は、ひどく驚愕した顔をしていた。

ガードレールの向こう、彼女の手元が何度もブレーキをぎゅっと握るのが見える。

けれど、自転車は減速する気配がない。

もしかして、と綾夏は思う。

――ブレーキが、きかないの？

優高は、背を向けているせいで気づいていない。

自転車に乗る女性は、前に立つ優高を避けようにもガードレールのある狭い歩道のため、逃げ道を失っている。

声をかけるより早く、綾夏は反射的に駆け出した。

生ぬるい風が、襟首を撫でる。

それを振り切るようにして、綾夏は自転車と優高の間に飛び込んでいく。

「危ないっ！」

叫んだのとほぼ同時に、指先が彼のスーツの背中をトンと押す。

突然の気配に驚き、優高が一歩前に出た。

よかった。これで安心だ。彼は、ぶつからない。

「きゃあああッ‼」

自転車の女性の金切り声が、鼓膜を震わせた。

それと同時に、右脇腹に衝撃を受ける。

ドンッという音が、遅れて響いた。

綾夏の体が、車道に向けて背中から倒れる。

視界に映るビルの天辺と、青い空。

倒れていく瞬間は、やけにゆっくり感じた。けれど、体のバランスをコントロールすることはできない。

ただ、体が重力にしたがって——。

「っ……⁉　本上さんっ！」

後頭部に、重い痛みが走る。

ガードレールにぶつかったのだ、と思う。

いつの間に目を閉じていたのかわからない。奥歯を、きつく噛み締めていた。

ひたいに当たっていた陽射しが、何かに遮られる。

「本上さん、本上さん！」

——一ノ瀬さんの声だ。

目を開けなくては、と思うのだが、全身がこわばっていて身じろぎもできない。

すると、左手が熱いものに包まれた。

「本上さん！」

「は、い」

魔法がとけるように、綾夏の体から力が抜けていく。

ゆっくりまぶたを持ち上げると、目の前に優高の顔があった。

左手を包んでいるのは、彼の手だ。

「頭……いた……」

「動かすな！　すぐ、救急車を呼ぶ」

――救急車？　わたし、そんなに危険な状態⁉

頭がじんじんと痛い。もしかしたら、出血しているかもしれない。

自転車の女性が、立ち上がる。目に見える大きな怪我はなさそうだ。

「すみません！　わたしのせいで……っ」

大丈夫ですよ、このくらい。

そう言いたいのに、声が出ない。

人間は、咄嗟のタイミングで思ったように声を発することができないものだ。

さっき、優高が危ないと思ったときもそうだった。もしかしたら、自転車に乗っていた彼女も恐怖で声が出なかったのかもしれない。――ああ、空が青いな。

このまま死んだら、みんなに迷惑をかける。

――だけど、どうしてだろう。

体の輪郭がほどけて、自分という存在が夏の青色ににじんでいく錯覚に陥っていた。

それは悲しいことではなく、寂しいことではなく、とてもとても幸せなことに思えるのだ。

きっと、彼が無事でいてくれたから。

なぜか泣きたいほど世界がきれいに見えた。

童話の中の幸福な王子へ、一方的な共感を抱きながら、綾夏は目を閉じる。

遠ざかる彼の声を聞きながら、静かに。

§　§　§

「……ですね。検査の結果、特に異常はないようですので。ええ、おっしゃるとおりです。二十四時間の経過観察は必要ですが、入院の必要はありませんよ。意識を失ったのは脳震盪(のうしんとう)によるものではなく、ショック状態だったと考えられますので――」

知らない誰かの声がする。

視界には、白すぎる天井が広がっていた。

――あれ、わたし、どうして……。

体を起こそうとした綾夏は、自分が病室のベッドに横たわっていることに気がついた。

そうだ。自転車がすごいスピードで坂を下ってきて、あの人にぶつかりそうになっていたから、割って入った。

——その後のことが思い出せない。ああ、一ノ瀬さんが救急車を呼ぶって言っていたんだっけ？

だとすれば先ほど聞こえてきたのは、医師の声だったのか。

「本上さん、目が覚めたんですね」

「えっ、一ノ瀬さん⁉」

上から覗き込まれて、顔の上に影ができる。

事故の直後、目を閉じていたときにも似た感覚があった。

きっとあのときも、こうして優高が自分を覗き込んでいたのだろう。

「よかった……。心配しました」

「はい。あの、ここは病院です、ね？」

ですか、と尋ねかけて、語尾を修正する。

聞かずともわかる。ここは病院に間違いない。

「店には状況を説明しました。あなたのご家族にも、店長さんが連絡してくれたそうです。おそらく、そろそろ到着されるころかと」

「いろいろとご迷惑をおかけしてしまって、申し訳ありません」

「謝るくらいなら、どうしてあんなことをしたんです」

——あんなことって？

責める口調の優高に、かすかに当惑する。

「えーと、自転車の方にお怪我をさせてしまったんでしょうか……？」

「そうじゃない。彼女はかすり傷程度で、どこも怪我なんてしてませんよ。怪我をしたのはあなたのほうだ」

なるほど、頭を打った記憶はある。

事実、後頭部は熱を持ち、脈動のたびに痛みが走る。

だが、自転車に乗っていた女性が大きな怪我をしていないと聞いて、綾夏はほっと息を吐いた。

「よかったです。自転車の方、様子がおかしかったから。もしかして、坂道でブレーキがきかなくなってしまったのかも、と心配していたんです」

「だから、そうじゃないと言っているんだ」

「え」

何か、勘違いをしてしまったのだろうか。

当惑に彼を凝視すると、優高が椅子に腰かけてため息をつく。

こんなときだというのに、今日の彼はずいぶんと人間らしい表情を見せてくれる、と思った。

「……感謝していないわけじゃない。あなたの献身のおかげで、たしかに私は無事だった。自転車の女性も同様だ。だが、本上さんが怪我をしては――」

そこで一度、言葉を区切って。

優高がまっすぐにこちらを見つめる。

「他人のために身をなげうつだなんて、愚行が過ぎるだろう」

「なげうってませんよ。それに、怪我をしたって言っても、わたしは元気です」

「偶然無事だっただけだ。もっとひどい結果だってあり得る状況だった」

「でも、一ノ瀬さんも自転車の方も無事だったんですよね？　みんな無事、よかった！」

先ほどよりも、さらに盛大なため息をついた優高は、右手をひたいに当てて「ありえない」と小さくつぶやく。

それが彼の言う愚行、綾夏にとっては当たり前の行動に対する反応だとわかってなお、やはりあのとき飛び出したことを間違っていたとは思えなかった。

ほかにもっといい方法があったと言われれば、否定するつもりはない。

だが、今ここに、目の前にある結果だけが事実だ。

今回は少なくとも最悪の結果は免(まぬか)れた。

——まあ、全部がいい結果だったとは思わない。お店は人手が足りたとしても、みんなに心配をかけただろうし……。

そこまで考えて、綾夏は、「あっ！」と思わず大きな声を出した。

「どうかしたのか？」

目元に焦りをにじませて、優高が腰を浮かせる。

「あの、一ノ瀬さん、病院にまで付き添ってくれてありがとうございます。でも、お仕事は大丈夫ですか？」

「……」

「一ノ瀬さん……？」

「ほんっとうに、本上さんは愚かだ！」

——ええ？　だって、わたしに付き添っていたら一ノ瀬さんのお仕事が！

綾夏は彼のことを勝手に営業職だろうとイメージしていた。

だから外回りの途中などの時間を使ってカフェに来られるのだと、考えていたのである。

つまり、今日こうして病院にいては仕事に影響がある、と思ったのだが——。

彼は名刺入れを取り出すと、青みがかるほど白い名刺を一枚こちらに差し出した。

「えっと、『株式会社1YOU（ワンユー）キャピタル』……」

——代表取締役社長⁉

名刺と彼の顔を交互に見比べ、綾夏は自分の想像が大きく間違っていたことに気づく。

いつもきれいな仕立てのスーツとよく磨かれた靴、髪は切りそろえられ、身だしなみの整った人だとは思っていた。それも、営業職だと思った理由のひとつだ。

けれどそうではない。

エリートなんだろうな、とふんわり思ってはいたが、さすがに社長だなんて想定外である。

「あの……一ノ瀬さんって、おいくつなんですか？」

「ずいぶん不躾（ぶしつけ）だな」

「だって、ここまで来たらもうただの店員とお客さんじゃない気がして。少しくらい世間話をしてもいいかなって思ったんですけど、ずうずうしかった……でしょうか？」

「たしかに、ただの店員というには本上さんはお人好しすぎるな」

ふはっ、と息を抜くような笑い声を漏らしたあと、優高が小さく咳払いをする。

笑ってしまったのを、ごまかしているようにも見えた。

——初めて、かも。

思わず、彼の顔をじっと見つめる。

「何？」

「笑った顔、初めて見ました……！」

「俺だって人間だから、たまには笑う」

「たまに、なんですね」

綾夏は六人きょうだいの次女で、幼いころから家の中は賑やかだった。

今でも実家に暮らしていて、休みの日の夕食は家族そろって笑いながら楽しく食べる。

——たまにしか笑わないって、どんな感じなんだろう。

だから、逆に気になってしまう。いや、そんなのは言い訳だ。ほんとうはずっと、気になって仕方なかった。

自分とは違う、彼のことが。

「……三十一」

「はい？」

「そっちが聞いたんだろ。年齢だ。三十一歳」

「え、若い……」

考えるより先に、口が動いてしまう。

社長として考えれば、三十一歳はかなり若い部類に入る。

昨今の起業家は若い。それでも、世の中の社長と呼ばれる人たち全体の中では、三十代前半は若いと言って差し支えないと思う。

同時に、彼の外見は実年齢よりかなり若く見える。

綾夏は彼のことを自分よりも二、三歳上くらいだと判断していた。それが、七歳も上だなんて驚きだ。

「それは、見た目よりも若いという意味か？　思っていたよりも……」

「社長というイメージから若いなって思ったんです」

「そうか」

病室の廊下から「すみません、本上綾夏の病室はどちらでしょうか」という声が聞こえてくる。

姉の千冬だ、とすぐにわかった。

スライドドアがノックされて、返事をするよりも先に姉の顔が見える。

「綾夏！　頭を打って運ばれたって聞いたけど、怪我は!?」

二歳上の姉は大学を卒業して個人クリニックで看護師をしている。

勤務先から急いで駆けつけてくれたらしく、白衣の上にシアーのカーディガンを羽織っていた。

「本上さんのご家族の方でいらっしゃいますか。失礼、私は一ノ瀬と申します。このたびは、綾夏さんに怪我をさせてしまい、まことに申し訳ありません」

椅子から立ち上がった優高は、いかにも青年実業家というスマートな所作で名刺を出した。

「一ノ瀬さん、ですね。綾夏の姉の本上千冬と申します。それで、妹とはどのようなご関係でしょうか？」

綾夏がブックカフェで働きはじめたときから、姉には店のことを話している。

店長やオーナーについても情報を持つ千冬にすれば、綾夏の職場とも関係なさそうな名刺を受け取って、ふたりの関係性に疑問を覚えるのも無理はない。

「お姉ちゃん、一ノ瀬さんはお店のお客さんなの」

「自転車が坂道を加速して下ってきたのに気づかずにいたところを、妹さんに助けていただきました。私の不注意でお怪我をさせてしまい、たいへん申し訳なく思っています」

「一ノ瀬さんは悪くないです。わたしが勝手に」

「いえ、私の責任です」

「嘘、さっきだって愚行だって……」

「それは今、関係ないだろう」

ベッドに上半身を起こした綾夏と、慌てた様子の優高を前にして、姉が目を瞬(しばた)かせる。

それから、小さく笑って。

「とりあえず、綾夏が無事なことはよくわかった。ああ、よかった……！」

千冬が、その場にしゃがみこんだ。

家族を心配させてしまったのを目の当たりにして、優高の言う愚行の意味が少しだけわかった気がする。

——それでも、やっぱり目の前で一ノ瀬さんが危険な目にあっていたら、わたしはまた同じことをしてしまう気がするけれど。

自分で思う以上に、もしかしたら自分はお人好しで向こう見ずで、ナチュラルボーンポジティブなのかもしれないと、あらためて感じ入った。

§　§　§

いろいろな意味で衝撃を受けた自転車事故ではあったものの、結局検査結果に異常がなかったことから、綾夏は三日間の自宅療養を経て明日から職場に復帰する。

後頭部の痛みは、ガードレールに思い切りぶつけたせいのようだ。こぶ程度で済んでほんとうによかった。

母と姉からは「綾夏は昔から石頭だったから」と笑われた。

記憶にないが、幼いころも頭をぶつけてケロッとしていたという。

今回は、さすがに幼少期と同じというわけにはいかないけれど、あと数日もすれば痛みも消えるはずだ。

それに、悪いことばかりでもない。というか、綾夏としては嬉しい収穫もあった。

「えーと『明日から出勤する予定です』、と」

ベッドに寝転んで、スマホのアプリでメッセージを送る。

事故のあと、何かあったらかならず連絡してほしい、と優高が連絡先の交換を申し出てくれたのだ。

以来、なんでもない会話が続いている。

彼はメッセージだとたまに毒舌で、少し心配性で、面と向かって話すよりも気さくな感じがあった。

『もう出勤？　頭は大丈夫なんですか？』

早い返信に液晶を見ると、綾夏は思わず笑ってしまう。

『言い方、それってどうなんでしょう』

『献身的すぎる考え方をどうにかしてほしいという意味です。言い方は、特に間違っていません』

『より失礼です！』

とは言いながら、頬は緩みっぱなしだ。

こんなふうに優高とやり取りができるとは思ってもみなかった。

――なんだか、一ノ瀬さんとの距離がすごく近くなった感じがする。

もっと親しくなれる。そんな予感に、明日からの出勤がますます楽しみになった。

§　§　§

「ご迷惑をおかけしました。今日から、職場復帰です。よろしくお願いします！」

挨拶とともに店に戻った綾夏を、店長とバイトの大学生が迎えてくれる。

「本上さん、無理しないでくださいね。何かあったら、頼ってください」

「ありがとう。困ったら助けてね」

「はい！」

たった数日休んだだけで、職場が恋しくなる。

綾夏にとって nuevo は、収入を得るためだけではなく自分を形作るアイデンティティのひとつでもあった。

幼いころから読書が好きで、友だちとけんかをしても学校で嫌なことがあっても、本さえあれば幸せだった。

小学校から高校まで、一貫して図書室を愛して生きてきた。あそこに行けば、どんなときも気持ちが安らぐ。

だから、失恋して落ち込んだときにブックカフェに立ち寄ってしまった。そのまま常連となり、今では正社員として働いているのだ。綾夏は、本が好きだ。この仕事は第一希望にほかならない。

——そういえば、一ノ瀬さんはどんな本を読むのか聞いたことなかった。

店内ではよく本を読んでいるけれど、持参したブックカバーつきの本以外を手にしている姿は知らない。

今度、機会があったらおすすめの本について聞いてみよう。

店内業務と読書会イベントの準備作業をこなしていると、一日は驚くほど早く過ぎていく。

夕方になり、仕事上がりの心地よい疲労とともに店を出ると、ガードレールの前に見慣れた長身の男性が立っていた。

「一ノ瀬さん、どうしたんですか?」

思わず、声が弾む。

ちょうど、店に来たところだったのだろうか。

だとしたらすれ違いだ。残念ではあるけれど、会えたのが嬉しい。

「どうしたって、きみを迎えに来たんだけど?」

どこか憮然とした言い方に、驚きを隠せなくなる。

——迎えに?　わたしを?

「え、でもわたし、もう元気ですよ。それに、一ノ瀬さんはまだ仕事の時間じゃないんですか？」

「俺の仕事は、自由がきくからね。それより問題はきみのほうだ。病み上がりで長時間勤務だなんて、無理をしすぎだ」

「長時間って……。これが普通ですよ」

まだ何か言いたげな優高が、綾夏の目をまっすぐに見る。

あらためて、きれいな顔立ちの人だと感じた。

ぶっきらぼうに見えて優しくて、そっけなく振る舞っていても気遣いのある彼は、知れば知るほどかわいい人だとわかってきた。

「先日の詫びも兼ねて、食事でもどうかと思ったんだ」

「今日は、わたしが食事当番なので……すみません！」

綾夏の家では、祖母、父、母、姉、綾夏、大学生の弟の六人で食事づくりを当番制にしている。

それより下のきょうだいは掃除と洗濯を、祖父は庭の水やり担当だ。

「食事当番？」

予想外の返事だったのか、優高が眉根を寄せる。

「うちはそこそこに大家族ですよ。わたしの上に病院に来た姉がいて、下に弟が三人、妹がひとりいます。六人きょうだいで、父方の祖父母も一緒に暮らしているから、十人家族なんです」

「十人……」

鸚鵡返しをする彼は、どこか安堵しているように感じられた。

「驚かれるかと思ったら、ほっとしてます？」

「それはきみが、けっ……」

言いかけた口を右手で塞いで、優高が背を向ける。

耳がわずかに赤くなっているように見えたけれど、夕日のせいかもしれない。

「け？」

「健康的なのもよくわかると思っただけだ！」

家族が多いと健康なのか。彼の考えは、綾夏にはピンとこなかった。

それよりも、クールな印象の優高が感情をあらわにしているほうが興味深い。

うしろ姿をじっと見つめていると、ちらとこちらを確認して、彼は不意に歩き出す。

夕暮れどき、もとより長い彼の脚がアスファルトに長い長い影を落とした。

——待ってたって言ってたのに置いていくの？

その背を、綾夏は小走りに追いかけた。

しかし、ほんの数歩進んだところで優高がぴたりと足を止める。

「食事はまたの機会に。駅まで一緒に帰ろう」

「あ、はい」

ふたりは並んで、駅までのゆるやかな坂道を下っていく。

「ところでわたしが健康的って、どんなところがですか？」

「十人家族って、どんな間取りで暮らしてるんだ？」

「ちょっと、わたしの質問無視してません？」

「気になるじゃないか。何部屋あれば暮らせるのか、想像がつかない」

「じゃあ、一ノ瀬さんは何人家族……」

「で、間取りは？」

──そんなにうちの間取りが気になる⁉

ほんとうは、気づいていた。

彼は何か答えたくないことがあって、あえて綾夏の家に矛先を向けている。

実際、十人家族だというと話題がそこに集中しがちなのも事実なので、彼が気にするのもわからなくはないのだが。

「うちは、４ＬＤＫです」

「マンション？」

「いえ、古い戸建てですよ。京王相模原線の沿線で、ここよりもーっと坂道に建ってます。ベランダとお風呂が広くて、子どものころはきょうだい三、四人、まとめてお風呂に入れられてました」

「十人で四部屋だと、祖父母の部屋、両親の部屋、それから――」

優高が指を折って数える。

「女子三人の部屋と、男子三人の部屋ですね」

「賑やかそうだ」

「はい。とってもにぎやかです。プライバシーというものは、存在しません」

「ははっ、それも楽しいんだろ？」

「いいときも悪いときもありますよ」

見上げた横顔は、遠くに目を向けていて。

なんとなく、彼はきょうだいがいないのかもしれないと思った。

だが、それを詮索されたくない気配も感じる。

綾夏はあえて、自分の家の話を続けた。

「ひと部屋にベッドを三人分ってけっこうきついんです。子どものころ、初めて三段ベッドを買ってもらったときは飛び上がって喜びました。でも、今はなんかカプセルホテルより狭いって気づいて」

「三段か。寝たことがないな」

「一番上は、起き上がるだけで天井にぶつかりますから」

「きみが一番上の段？」

「以前はそうでした。今年の春にあみだくじで選び直しをして、今は二段目です」

「二段目もじゅうぶん狭そうだけど」

「どの段も狭いんです」

「あはは、なるほどな。三段ベッド、味わい深い」

坂道の終わり、交差点が近づいてきたところで、突然「一ノ瀬社長！」と男性の声がした。

――一ノ瀬さんの、仕事のお知り合い？

目の下に濃いくまのある、中年の男性だ。全体的に疲弊した感じの印象があった。

スーツには汗じみができていて、髪も乱れている。

落ちくぼんだ目は、充血していた。

「――何か？」

急激に、優高の表情が薄らいだ。

彼は冷たい一瞥を向けると、いかにも迷惑だと言いたげに息を吐く。

「すみません、会社に連絡をしたんですがどうしても時間を作っていただけなかったようなので、お帰りになるのを待っていまして……」

「それは察しています。ご用件は何か、と尋ねているんです」

年上の相手に対し、優高は簡単に頭を下げるような仕事はしないらしい。

社長というからには、厳しい選択も迫られるのだろう。経験がなくとも、想像だけはできる。

「どうか、うちの会社から手を引いてください。先代から引き継いだ大事な会社なんです。従業員たちも――」

「弊社が手を引いたところで、御社に立ち直る体力はもうありません。借金返済の見込みも立たない状況ですので、これ以上の融資も望めないでしょう。経営者ならば、倒産ではなく部分的にでも名前を残し、従業員の皆さんに手当を支払う道を模索してはいかがですか？」

「そんな、そんな……。以前は、貸してくれたじゃないですか！　もう一度、一ノ瀬社長が助けてくれさえすれば、なんとか……」

「もう、そういう段階ではありません」

「お願いです、お願いします！」

昼間に陽光でたっぷりと温められたアスファルトに、男性は膝をついた。

ああ、と綾夏は目をそらす。

誰だって、こんな姿は見られたくないに決まっている。

路上で土下座をする側も、される側も。

なるべく気配を消して、見ていないふりをして、綾夏は遠くの喧騒に耳を澄ませた。

どのくらいの、時間が過ぎただろうか。

「いい加減、立ってください」

「いえ、いいお返事をいただくまで顔を上げません」

「あなたがどんな人物で、どんな矜持をお持ちであろうと、私の仕事には無関係です。このような言動で、私の考えが変わることはない」

「社長は……悪魔ですか？　人の心がないんですかっ⁉」

「ありますよ。ただ、仕事と私の人間性に相関関係がないということをご理解ください」

「だったら、どうしたらいいんですか！　うちの従業員たちを助けてくれないんですか‼」

「あなたの会社の従業員を守るのは、私の仕事ではない」

話は終わったとばかりに、優高が「本上さん」と呼びかけてきた。

「行きましょう」

「あの、でも」

いいんですか？

とは、言えなかった。

言わなかったのではなく、言えなかったのだ。

何も知らず、口を挟むべき話だと思えない。そして、余計なことを言えば優高に迷惑をかける気がした。

「帰りが遅くなると、夕食に差し障る。家族が困るよ」

「……はい」

並んで歩く背中に、ちくりと棘(とげ)のような視線を感じる。

知らなかった彼の一面を、当惑しないで見ていられたわけではない。

けれど、それもまた一ノ瀬優高という人物の顔なのだ。

駅までの道を、ふたりは黙って歩いた。

渋谷駅近くまで来たとき、優高がぽつりと「食事、今度どうですか」と尋ねてきた。

「前もって言ってもらえれば、喜んで」

来週の、食事当番と仕事の遅番を避けた日に約束をした。

「あまり高すぎるお店を選ばないでくださいね」

「食事に誘っておいて、金を出せなんて言うつもりはないんだが」

「そういうの、ちょっと古いと思います。高級レストランに喜ぶ人間ばかりではないという意味で」

「だったら、きみが店を選んでくれよ」

「誘ったのは一ノ瀬さんですよね？」

「……まかせろ」

「やっぱり自分で払えばいいって結論はダメですから」

「あー、しつこい。わかった！」

顔を見合わせて軽く笑ってから、手を振って別れる。

心地よい疲労すら、どこかへ去っていった。

来週の食事が今から楽しみで、けれどあまり期待してはいけないと自分に言い聞かせながら、井の頭線に乗り込む。

夕暮れはいつしか夜色に塗りつぶされ、車窓をいくつもの家の明かりが流れていく。

空に星が見えなくても、綾夏の心には光が輝いていた。

§　§　§

「お姉ちゃん、今日帰り遅いからわたしの分、ごはんいらない」

寝起きのままダイニングテーブルについた綾夏は、キッチンに立つ姉の背に話しかける。

「えー、もっと早く言ってよ。人数分、冷やし中華の具材準備したのに」

「ひとりくらい、増えても減ってもあんまり関係ないでしょ」

まあ、そうだけど、と姉が笑う。

高校生の弟が二杯目のごはんをよそいながら、「人数が減るのはいいけど、増えるのは困る」と真顔で振り返った。

弟三人は、大学生、高校生、中学生。いちばん下の妹が今年中学一年と、本上家は食べ盛りの時期を迎えていた。

姉の千冬は二十五歳なので、末妹の美春とは十二歳離れている。

そのわりに、年齢差なくけんかをするのは、美春が年齢よりも少し背伸びしたがるせいだ――とは、千冬の言い分だ。

綾夏から見れば、姉のスカートを勝手にはいてデートに行く美春も、中学生の妹が買ったプリンをこっそり食べてしまう姉も、どっちもどっち。つまるところ、仲の良い姉妹だった。

「綾夏姉ちゃんの分は、俺が食べるから問題ない」

「うん、よろしく」

椅子に座ったまま、大きく伸びをひとつ。

先週末の読書会イベントは、大盛況のうちに幕を下ろした。

普段は静かなカフェフロアに、熱い読書感想が飛び交うのは見ていて楽しい。

「ねえねえ、綾姉、それってデート?」

洗面所で髪を巻いていたらしい美春がダイニングにやってきて、綾夏の顔を覗き込んでくる。

「違うよ。食事」

「相手は?」

「カフェのお客さん。この前の、自転車事故のときの」

「えーっ、噂のイケメン社長?」

美春には優高のことを話した覚えがない。

こちらを振り向いた姉が、手刀を切ってゴメンの素振りを見せた。

「写真! 撮ってきて! わたしも見たいっ」

「んー、機会があったらね」

雑な返事から、写真なんて撮らない心づもりを見抜いたのか、朝食の間ずっと美春はイケメン社長についてあれこれと質問を続けていた。

綾夏はぼんやりと、今日の服装を考えている。

テレビの気象予報士が、夏の猛威について力説する。今日も猛暑になりそうです。熱中症には気をつけて、こまめに水分を摂取してください。

連日聞き慣れた言葉と、見慣れた赤い文字の予想最高気温。

今日は、どんな一日になるのだろうか。

楽しい日になればいいな、と綾夏は冷蔵庫から牛乳を取り出した。

「あっ、綾姉、それわたしの低脂肪乳!」

「一杯ちょーだい」

「おこづかいで買ってるのに。そのうち、お金とるからね？」

最近、美容チャンネルに夢中の美春が唇をとがらせる。

本上家は、いつも平和だ。

§　§　§

昼休憩から戻ると、バックヤードで店長の柚月がペットボトルのミネラルウォーターを飲んでいた。

「お疲れさまです」

「本上さん、お疲れさま。体調はどう？」

「元気です」

ロッカーを開けて、エプロンを取り出す。

あの事故から、もう二週間近くが経つ。特に問題もなく、体は万全だ。

「ちなみに、一ノ瀬さんとはどう？」

体を気遣ってくれたのと同じような聞き方で、今度はさっぱりわからないことを尋ねられた。

「どう、とは？」

「親しくしてるのかなーって。え、これ、セクハラとかそういうのに引っかかる？」

柚月のいいところは、女性同士だからセクハラに当たらないと考えないところだ。同性であっても、その手のハラスメントは起こり得る。それを、当たり前と考える年上の彼女に綾夏はより好感を持った。

「場合によると思います。でも、わたしは別に」

「うん」

「ていうか、一ノ瀬さんって社長らしいですよ。知ってました？」

「え、それ、知らなかったの？」

驚愕の事実を伝えたつもりが、自分のほうが驚かされた。

常連の個人情報は、保護されるべきではないのか。いや、映画監督や作家が来店していると知っている時点で綾夏も同罪なのか。

――でも、それは顔バレしてる人だから今さらだし。

「知りませんでした。店長は知ってたってことですね」

「わたしがっていうより、みんな知ってた、かな」

なぜ自分だけが知らなかったのだろう。どちらかといえば、綾夏は彼について興味を持っていた。

午後の休憩時間、今夜の待ち合わせの確認メッセージが届いているのを見たとき、その件を彼に話してみた。

常連の一ノ瀬さんが社長だと知らなかったのは、自分だけだった、と。

『俺に興味がなさすぎる』

優高の返事は一行だった。

『興味ならありますよ』

『それ、どういう意味で？』

『どういうって？』

『だから、どういう方向性の興味？』

スマホを手に、綾夏は返信の言葉を見失っていた。

——どういう？　どういうもなにも、興味は興味で。え、これは、一ノ瀬さんは何を待ってるの？　なんて返事を想定してるの？

混乱している間に、彼からまたメッセージが届く。

『夜、会うまでに考えておいて』

楽しい食事に、宿題が追加されてしまった。

§　§　§

彼が選んでくれたお店は、カジュアルなイタリアンレストランだった。

窯焼きピッツァがメインの店内は、仕事帰りの社会人が多い。

うるさすぎず静かすぎず、明るすぎず暗すぎず、価格も高すぎず低すぎず、優高が考えてくれたことが伝わってくる。

現に彼は、いつものクールな無表情ではなく「どうだ、完璧だろ」と言いたげにこちらを見ていた。

身近に年長の男性が父親以外いない生活を送ってきたせいもあって、綾夏はどこかで彼のことをとても大人に感じていた。

それはつまり、かわいいではなく、冷静とか落ち着いているとかそういうイメージが先行していたということになる。

——でも、実際の一ノ瀬さんってかわいいところもあるんだ。

「一ノ瀬さん」

「なんだ？」

少し前のめりになる彼が、目を輝かせる。

「いいお店を選んでくれてありがとうございます」

「気に入ってもらえたようで何よりだ」

つとめて冷静さを装うためか、彼は水の入ったグラスを持ち上げた。

メニューは、有機野菜とシーフードを使ったピッツァやパスタが多い。

その中でも、見たことのない名前に綾夏は目を留めた。

「これ、なんでしょう。貧乏人のパスタって説明がついてるんですけど」

「ああ、ポヴェレッロか。正式には、Spaghetti(スパゲッティ) del(デル) poverello(ポヴェレッロ) で、直訳すると貧乏なスパゲッティ」

「貧乏って、ヘンな名前ですね」

「実際、向こうでは店で出ることは稀(まれ)なんだ。自宅で、何もなくても作れるパスタみたいな感じといえばいいのか」

「へえー。何味のパスタなんですか？」

「卵とチーズとガーリック。まあ、あとはオリーブオイルも使う。卵は目玉焼きにして上に載せるんだ」

「ぜんぜん貧乏じゃない！」

「イタリアの家庭なら、常にあって当然の食材ってことなんだろう。変わった名前のパスタということなら、同じナポリ地方にはSpaghetti（スパゲッティ） alla（アラ） disperata（デスペラータ）というのもある。これは、絶望のスパゲッティだ」

「……イタリアの人ってパスタ好きって思っていたんですけど」

「それは間違いない。絶望のパスタは、諸説あるけれど『どんなに絶望しているときでもおいしく食べられるパスタ』という解釈が俺は好きだよ」

たしかに、そう聞くとパスタへの愛情が感じられる。

イタリア人とパスタの深い関係性にも興味深いものがあるけれど、優高が流暢（りゅうちょう）にイタリア語を発音するのに目を瞬いた。

「一ノ瀬さんって、イタリア語ができるんですか？」

「できるというほどじゃないけれど、多少聞き取るくらいなら」

「すごい。じゃあ、イタリアンのお店でメニューがわからなくて困っても、一ノ瀬さんがいたら安心ですね」

「それは、店員に聞いたほうがいいんじゃないか？」

ふたりは、いくつかの料理を選んでシェアすることにした。

おいしそうなメニューばかりで、いろいろ食べてみたくなったからだ。

料理が届くと、自分が空腹だったのを急激に自覚する。

「うまいな」

「はい、どれもこれもおいしい……！」

特に、貧乏人のパスタはシンプルながらも家庭的で食べやすいおいしさだ。目玉焼きの縁はカリカリに焼いてあるのに、黄身はとろっと麺に絡む。

これなら、家で作るのもいいかもしれない。ただし、人数分を分けて作るのは面倒だから、大皿に盛り付けることになる。

「そういえば、一ノ瀬さんって会社ではどんな感じなんですか？」

「……ずいぶん曖昧な質問だな」

「えー、じゃあ、いつも一ノ瀬さんを迎えに来る眼鏡の男性、あの人は何者なんですか？」

「秘書だ」

「秘書！」

社長というからには、秘書のひとりもいておかしくない。

――でも、つまり一ノ瀬さんって休憩中のカフェまで、秘書に迎えに来てもらってるの？

「いや、それはちょっとダメじゃないです？」

「何が？」

「仕事サボってブックカフェに来て、秘書サンに迎えに来てもらってるんですよね？」

「サボってるわけじゃない。ただ、休憩時間を静かな場所で過ごしている」

スマホの呼び出し音を完全に切っているせいで、秘書はカフェまで迎えに来ざるを得ないのだ、と彼は説明した。

「まあ、俺を迎えに来るのも秘書の業務だから」

「そう、なんですかね。秘書って、そういうものなんですか」

「少なくとも本人から不満を言われたことはないが」

「なら、まあ問題ないですね！」

「……きみは、ときどきおおらかというか、やけに適当というか」

「えっ、でもおふたりがいいなら、それでいいじゃないですか。何が正しいかって話ではなく、ふたりがそれでいいなら問題ないという判断ですよ」

犯罪でなく、ハラスメントでなく、迷惑行為でもないのならば、あとは当人同士の関係性による。

優高と秘書にとって、それが業務の範囲内という認識ならばそれでいい。

「ふむ。なるほど、そういう考え方なんだな」

「何かヘンですか？」

彼はゼッポリーニをフォークで刺して、口に運んだ。

これもナポリの料理だ。どうやらこの店は、ナポリ料理をメインにしているらしい。

ゼッポリーニは、ピッツァの生地に青のりを練り込んで揚げたものだ。注文のとき、優高が教えてくれた。

初めて食べたけれど、表面はカリッとしているのに中がモチモチで、塩気が効いていてとてもおいしい。

「先日、見ただろう？」

咀嚼(そしゃく)して、飲み込んで、フォークを皿の縁に置いて。

表情を消した優高が、それまでより声を抑えて尋ねてくる。

「あれを見ても、きみは態度を変えない。それは、おおらかさとは違う何かだ。どうしてだろうかと考えていた」

彼の言う、綾夏の見たものとは、おそらく路上で土下座する仕事相手を徹底して断ったことだ。

その姿に経営者の厳しさを感じなかったとは言わない。

しかし、冷徹な面があったからといって、それを優高のすべてだと思い込むほど、綾夏だって子どもではなかった。

「仕事とプライベートで態度が違うくらい、珍しくないですよ」

「俺が高圧的で、威圧的で、他者に対して人間らしい優しさを持ち合わせていなくても?」

白ワインのグラスを一気にあおり、彼は自嘲的な笑みを浮かべる。

「一ノ瀬さんは、自分のことをそう思われたいんですか?」

「俺が思っているかどうかじゃない。そう言われることもある、という意味だ」

「だとしたら、ちゃんと人間ですよ。こうして一緒に食事をしておいしいって感じられるし、選んだお店を褒められて嬉しそうにしているし」

「……まいった。きみは、俺よりずっと大人だ」

「年齢的には、わたしのほうが若いです。勝手に年寄り扱いしないでください」

「そういう意味じゃないのはわかってるだろ」

ははっ、と軽く笑って、彼がひたいに手を当てた。

大きな手だ。指が長くて、爪のかたちまで整っている。

彼はそのまま、目元を隠して口を開く。

「俺は、もともと父親の顔を知らなかったんだ」

初めて聞く、優高の家族の話だった。

「母は大会社の社長の愛人で、俺は物心ついたときから母とふたりで暮らしてきた。だが、本妻の産んだ息子は、俺が十歳になったころに亡くなった。死因は知らない。誰も俺に説明なんてしなかった。ただ、跡取りがいなくなったから父は母に承諾なく俺を引き取った。母は、のちに自死したそうだ」

「え……」

あまり平穏な家庭環境ではなかったのかもしれない、とは予想していた。けれど、優高の語る家族は、綾夏にとっては想像もできないものだった。

「俺は、父を恨んだ。教育にかかる金は惜しまない人だったから、父の金でさんざん勉強させてもらったよ。留学もした。そのときに、イタリア人の友人とルームシェアをしていたんだ。だから、イタリア語は少しわかる」

「そうだったんですね」

「だけど、父の会社は継がなかった。留学先の仲間たちと、帰国してからすぐに起業したんだ。それで、俺は――」

経営が悪化していた父親の会社を買収し、解体して売却をした。

彼は、そう言った。

「M&Aっていうんでしたっけ、そういうの」

「そうだ。父は会社を失い、離婚して、今は葉山の別邸に引きこもっている。当時はずいぶん暴言を吐いてくれたが、今では俺とかかわることを恐れているらしい。生活費に困ったと言われれば、助けてやるくらいの資産はあるんだけどね」

軽い口調でごまかしてはいるけれど、父への憎しみは消えていない。

その感情が、ひしひしと伝わってきた。

「それから、ずっとだ」

テーブルの上で、彼の手がぎゅっと拳を作る。静脈が浮き上がるほどに、強く握りしめているのが見えた。

「ずっと、誰のことも信じられない。仕事でもプライベートでも」

わたしのことも?と、尋ねたい気持ちは、ぐっとこらえる。

肯定されたら悲しいし、否定されても信じられないかもしれないからだ。

「そうなんですね」

だから、こちらも肯定も否定もしない返事を選ぶ。

ただ、彼の言葉を受け入れる。そこに綾夏の感情を乗せない言葉だ。

「……そうなんですねって、それだけか？」

「え、さすがによくやりましたね、とは言いにくい内容ですし」

素直な気持ちを伝えると、優高が興味深そうに綾夏をじっと見つめてきた。

心の奥まで覗き込むような瞳に、負けじと彼を見つめ返す。

「たいてい、この話を聞いた相手は『実の親にたいしてひどい』とか『私のことも信じてないいんですか』とか、そういう反応なんだけどな」

「そう言ってほしかったとは思えませんけど」

「ああ、そう、だな」

うなずきながらも、彼は綾夏の反応に当惑しているようだった。

もしかしたら言葉が足りなかっただろうか。

小さく息を吸って、言葉の隙間を補うために心を絞り出す。

あなたの気持ちがわかるなんて言えない。だけど――。

「そういう生き方もあっていいと思います。みんな、相手の状況に立って考えるなんて、ほんとうの意味ではできません。想像するだけなんです。それに一ノ瀬さんは大人で、自分で自分の責任を取れますから、自由の範囲が広いですよね。人生は一度きりです。誰かがどう思うかよりも、自分が満足するのが何よりです。一ノ瀬さんが、生きていくために必要な行動だったのなら、それに正しいも間違っているもないと思うんです」

彼の前だから、格好をつけたわけではない。綾夏の本心だった。

人生は、たった一度。

人の目を気にして生きていくのは、自分を偽ることになってしまう。

それに、彼は個人的に誰かを攻撃しているわけではない。

先日の取引先らしい相手にしても、今の話にあった父親にしても、企業として対応しているだけの話だ。

「……驚いたな」

綾夏の力説を受けて、彼は静かにまばたきをする。

「え、どうしてですか?」

「いや、本上さんは思っていたより冷静だと思ってね」

「わたしのこと、どういう人間だと思っていたんでしょうね……」

「後先を考えず、目の前の危険に飛び込む人だと思っていたよ」

フォカッチャをちぎり、眉根を寄せた表情で優高をわざと睨みつけた。

「まあ、それは否定できません。そういう側面もあるってことです。だからって、わたしのすべてがそうというわけでもなくて。結局、目に見えるのは氷山の一角だけですから」

「冷静沈着な面もあると？」

「よくおわかりで！」

口にぽいとフォカッチャを放り込む。

生地がモチモチしていて、噛むほどにうまみを感じる。

「んー、おいしい。このお店、どれもこれもおいしいですね」

満面の笑みで、たまらずほう、とため息をついた。

ちょっと炭水化物を頼みすぎたきらいはあるけれど、たまにはこんな日があってもいい。おいしい料理を前に、我慢するほうがもったいない。

「本上さん」

「はい？」

「もっときみのことを知りたくなったと言ったら、迷惑かな」

テーブルの上に置いた左手に、そっと彼の手が重なった。

こんな、花より団子状態のときに言われる言葉だろうか。彼は、おいしそうに食事をする女性が好みだとか？

「……それって、どういう意味ですか？」

「そっちこそ、俺に対する興味って、どういう意味の興味だったか考えた？」

沈黙は、かすかに甘く香る。

ふたりの間に流れる空気は先ほどまでと様子が違っていた。

包みこまれた手が、じんじんとせつない。

「わ、わたしは、その……」

「俺は、きみを知りたい。もっとはっきり言うなら、きみと恋をしたいと思っている」

「人を信じられないって言ったばかりですよ？」

「ああ、そうだ。だから、きみを信じてみたい。本上さんのことは、信じられる気がする」

まっすぐに見つめられて、心臓が早鐘を打つ。耳元で自分の心音が聞こえるのではないかと思うほどに、綾夏の鼓動は速くなっていた。

「……ずるい」

「なんで？」

「そんなふうに言われたら、一ノ瀬さんの人間不信を治すお手伝いみたいじゃないですか」

自転車がぶつかりそうになっている彼を、無意識にかばってしまったのと同じだ。

自分が助けなければと思ったら、綾夏は考えるより先に駆け出してしまう。

氷山の一角であると同時に、それは自分の本質そのものだという自覚があった。

——だけど、それだけじゃない。

ほんとうは気づいていた。

彼に対する興味の、意味を。

「うん。俺の人間不信を治してよ」

「それって、恋人じゃなくてもできることです」

「でも、俺はきみと恋がしたいんだ」

「だからって……」

ほどよく賑やかな店内でよかった。

ほかの客には、ふたりの会話が聞こえていない。

綾夏の心臓の音が、こんなにも大きいことに誰も気づかないでいてくれる。

「……人間不信を治すためだけじゃ、イヤです」

「もう少し具体的に聞きたいんだけど」

彼は、甘い笑みを浮かべてこちらを見つめていた。

「だから、その、一ノ瀬さんに興味があると言ったのは、わたしも同じっていうか……」

「同じというのは？」

「人間不信を治すためじゃなく、一緒にいたいって思います」

それが、綾夏の精いっぱいの返事だと、彼はすぐに察してくれる。

いや、ほんとうはもっと早くわかっていて、綾夏が言葉にするのを待っていたのだろう。

「つまり、告白は成功と思っていいんだな」

「一ノ瀬さんって、けっこう意地悪ですよね！」

「好きな女性相手だと、そういう面もあるらしい。これも氷山の一角ということにしておいてよ」

「もう！」

「本上綾夏さん、これからは恋人としてよろしく」

「か、勝手に決めないでください！」

赤面した綾夏を前に、彼は極上の笑みで「もう決定だよ」と甘く告げた。

周囲から拍手が沸き起こったため、一瞬、周囲に聞こえていたのかとあたりを見回す。

けれど、そうではない。

ほかの席にバースデープレートが運ばれてきて、それに気づいた客の間から拍手が広まったのだ。

――まるでわたしたちが祝福されているみたい、だなんて思っちゃった。

自分の勘違いに気づいて、綾夏はさらに耳まで真っ赤になった。

§　§　§

初めてふたりで過ごす夏は、すべての瞬間がきらめいている。

最初のデートは花火大会に出かけて、人混みでもみくちゃにされながら手をつないだ。彼の手は、想像以上に大きくて優しかった。

横浜の水族館まで車で出かける道中、ひまわり畑を見た。

テレビや動画では見たことがあったけれど、現実に一面のひまわりなんて見たことがなかったので、綾夏は助手席ではしゃいでしまった。

優高は人間不信と言っていたけれど、動物に対しても妙な警戒心を持っていて、イルカと触れ合うためのチケットを買ったのになかなか近くに寄ってこない。

「もう、せっかく来たんだから触れてみてください！」

「……俺はパーソナルスペースが広いタイプなんだ」

「大丈夫です。相手は人間じゃありません」

「よりまずいだろ！」

「せっかく来たんですから。ほら！　イルカからこっちに来てくれましたよ！」

初めて、彼がイルカに触れるその瞬間を目撃した。

最初はこわばっていた表情が、驚きののちに和らいでいく。

真顔だと冷たそうに見える優高が、笑うと泣きそうなほど優しい顔になるのを知った。

もっと、この人を笑わせてあげたい。こんな優しい表情を見たら、きっとみんなが彼を好きになる。

誰かに愛されることは、誰かを愛するきっかけのひとつだ。

「見たか？　俺が触れたら、イルカが気持ちよさそうに目を閉じた！」

「ね、さわってよかったでしょ？」

「イルカのほうが喜んでただろ」

「わたしは、一ノ瀬さんと一緒にさわれて嬉しかったですよ？」

夏はふたりの距離を縮めていく。優高の言うパーソナルスペースに、綾夏は入れてもらえているだろうか。入れていたらいい、と願う。

ときどき、デートの最中でも仕事の連絡が来る。

そういうとき、彼は電話口でひどくそっけなく話すため、薄く聞こえてくる相手の声は緊張しきりだ。

「それなら倉木の判断で構わない。いちいち私に確認を取る必要はないと言ったはずだが」

『すみません。こちらで判断に迷いましたので社長にご連絡を……』

「過去の事例から、必要に応じてマーケッターと確認するように。資料を準備してから持って来いと言っておけ」

『はい、かしこまりました』

仕事は仕事、プライベートはプライベート。

綾夏は彼の仕事に口を出すつもりはないけれど、自分が叱られている気持ちになる。

心臓がぎゅっと締めつけられるような感じがするのだ。

帰宅後、綾夏がそのことを話すと、姉は夜の女子部屋で心配そうに綾夏を見つめた。すでに末妹の美春は眠っている。

鏡の前でローションパックをしていた千冬は、「大丈夫なの？」と声をひそめて尋ねてきた。

「一ノ瀬さんは普段、すごく優しいし楽しいし、普通の人なんだよ」

「でも、住む世界が違うじゃない。この間、会社の名前を聞いたから検索してみたけど……」

優高の会社は、企業買収を主に取り扱っている。

商品を作るわけでもなければ、輸出入をするわけでもなく、なんらかのサービスを提供することもシステムの開発をすることもない。

界隈で名の知れた会社が傾くと死神のようによりそって、企業を購入し、分割して売るのだ――と、以前彼は皮肉めいた調子で説明してくれた。

「今は優しくても、本性はどうかわかんないわよ」

「でも、好きなの」

「……」

「仕事では厳しい人かもしれないけど、わたしの前ではぜんぜんそんな感じじゃない。

それに、もし一ノ瀬さんがほんとうはひどい人だったとしても、もう好きになっちゃったんだもん」

「綾夏が好きなら、仕方ないか」

「うん。それにね、お姉ちゃんも会ったらきっとわかるよ。すごくいい人なの。ちょっと不器用で、イルカにさわるのすら怖がるくらい、かわいい人なんだ」

「一応、病院で会いましたけど？」

「あ、そうだったね。大丈夫？　好きになってない？」

「なってないね。綾夏と違って、わたしの好みはもっと優男タイプだし」

「姉妹で好みのタイプが違うと安心だね」

声をあげて笑い合うと、美春が「うるさい、さっさと寝て！」と一喝する。

千冬と綾夏は肩をすくめて、それぞれのベッドへ入った。

§　§　§

夏は唐突に終わりを迎え、短い秋が過ぎ去り、東京に冬が訪れる。渋谷は、公園通りのケヤキ並木にイルミネーションが点灯する季節だ。

肩を寄せ合う冬の恋人たちは、いつしか呼び方も話し方も距離が近くなっていく。

「去年は、ひとりで見に来たの」

綾夏が手袋をした手で電球で輝く枝を指差すと、優高はかすかに首を傾げる。

「こんなイベント、去年もやってたのか？」

「毎年やってるよ。優高さん、知らなかったの？　渋谷で働いてるのに」

「季節感のない人生だからね。綾夏といなかったら、きっと今年も知らないままだった」

「いつも優高さんと一緒に働いてる倉木さんは知ってたよ」

優高の秘書、倉木とも顔を合わせれば会話をするようになった。

なにしろ、優高は休憩ともなれば綾夏の働いているブックカフェにやってくる。そして、数日に一度は倉木が彼を呼びに訪れるのだ。

スマホの音を切っている社長をつかまえるのも、なかなか難儀なものだろう。

いっそ、店に電話してくれてもいいと言うべきだろうか。

「なんで倉木？」

「優高さんに連絡つかないとき、倉木さんってお店に来るでしょ」

「ああ」

「前に、優高さんがいないときに倉木さんが探しに来たの。そのときに『社長とおつきあいされていらっしゃる方ですね』って声をかけられて」

「は？」

彼の表情が険しくなる。

「嬉しくなっちゃったんだ」

「ちょっと待て。意味がわからないんだけど？」

「だって、誰かから優高さんの彼女って認識されるの、初めてだったから」

彼を見上げて微笑むと、先ほどまでかすかな苛立ちをあらわにしていた優高が表情を緩める。

「……誰かに認識されなくても、綾夏は俺の彼女だよ」

「それはそうだけど……。あっ、それに、倉木さんね、優高さんが忙しそうな時期とか『社長は仕事に邁進していますので、ご心配なきよう』って連絡くれるの。ふふ、わたしと優高さんのこと、応援してくれてるのかなって」

そう言った綾夏を、優高がぐいと抱き寄せた。

「えっ……」

「いらないだろ、そんなの」

俺がいるんだから、と言いたげな彼に綾夏は両腕で抱きついた。

「いりますー。倉木さんのほうが、優高さんのスケジュールを優高さんより把握してるし！」

「……あいつ、減給だな」

「そこはむしろ、彼女のサポートまでしてもらってボーナスだと思うんだけど」

「考えておくよ」

人を信じられない、と彼は言っていた。

誰のことも信じない。

だけど、綾夏を信じたいと言ってくれたから、ふたりは同じ冬を歩いている。

——優高さんは、変わってきてる。

夏ごろには、電話できつい態度を取る姿を何度も見たけれど、最近の彼は仕事相手に対する話し方が変化してきていた。

口調がやわらかくなり、相手を気遣うひと言を添えるようになったのだ。

実際、倉木からもそのあたりの話は聞いている。

秘書いわく、『社内でも社長は人が変わったと言われているほどです。恋は冷徹社長をも溶かすんですね』とのことで、綾夏としては赤面ものなのだが、悪いことではない。

「綾夏、ぼうっとしてると危ないよ」

黒い革手袋の右手が、こちらに差し出される。

「うん、行こっか」

その手を握って、光の中を歩いていく。

未来は、このイルミネーションに負けないくらいに輝いていると信じていた。このときは、まだ。

第二章　巡る季節、そして

職場が好きだ。

もともと、常連として通っていた店で働いているのだからnuevoを好きなのは当然だ。

けれど、それだけではない。

綾夏にとって、カフェフロアの静寂はとても大切なものだった。

「は、は、は……」

いけない、こらえなければ。

そう思ったときには、もう遅い。

「はっくしゅん！」

しんとしたフロアに、くしゃみの音が響く。

「失礼いたしました」

小さな声で、店内に座る客に謝罪をした。

いつからだろう。春の訪れを、花粉で知るようになったのは。

今年の七月七日で、綾夏は二十五歳になる。

——大学に入学した時期は、たぶんまだ花粉症じゃなかった。

記憶をたどってみたけれど、大学を卒業するときにはすでに花粉に悩まされていたことしかはっきり覚えていない。

大学三年の春は、何をしていたんだろう。

たしか、nuevoでバイトを始めたのはその時期だ。

——あの春、わたしは花粉症になっていた？　まだ、なっていなかった？

とりあえず、去年の春は病院で薬を処方してもらった。今年も、そろそろかかりつけの内科へ行こう。今日のところは休憩で近所のドラッグストアに行き、市販薬で乗り切りながら仕事を終えた。

早番だったので十六時上がりのところを、バイトの大学生が電車の遅延で到着が遅れたため、三十分残業をした。

その後、いつもどおりバックヤードで着替えをし、店を出る。夕立のあとのアスファルトは、まだ濡れている。

だんだん日が長くなってきた。

駅までの道を歩いて、ふと足を止める。

振り返ると、どこか見知らぬ景色のような、馴染んだ坂道がそこにたたずんでいた。

毎日通る道だけど、この時間に下から坂を見上げることはほとんどない。

夕暮れの向こうには、いつだって知らない街が広がっているのだ。

とりとめなく坂を見ていたら、いつの間にかずいぶん時間が過ぎていた。

「いけない。えーっと、あれ、わたし、何をしようとしていたんだっけ」

――今日は、夕飯当番……じゃなかった。あれ、勘違いしてたかな。

とりあえず、井の頭線の改札へ向かう。

花粉症の季節になると、綾夏は微熱が出やすい。

そのせいだろうか。

ここ数日、妙にぼんやりしていることが増えた。

自分では普通のつもりなのに、何かを忘れていたり、見落としていたり、予定を勘違いしていたりする。

知らず知らず、疲労がたまっている可能性もある。

――今夜はゆっくり休んで、明日の仕事にそなえよう。

明日は遅番で、店のクローズ作業も担当しなければいけない。

混雑した電車に乗り、明大前（めいだいまえ）で乗り換えをする。家に帰ると、ドアを開ける前からカレーの香りがしていた。

「ただいま。今日、カレー？」

リビングに足を踏み入れると、姉が奇妙な顔でこちらを見ている。

「なんで？」

「なんでって、何が？」

「綾夏、今日は夜、一ノ瀬さんとデートじゃないの？」

「えっ？」

約束した覚えはない。

姉は何か、勘違いをしているのではないだろうか。

「だって、今朝言ってたよね。今日は一ノ瀬さんと会うから、帰りは遅いって」

「言ってないと思う」

「言ってたよ。明日遅番だから、久々にゆっくりできるって」

シフトは、たしかにそうなっている。

だが、綾夏にはそんな記憶は――。

慌てて、スマホのスケジュールアプリを起動する。

そこには、今日の日付で【十七時　カフェアジェロ】と予定が入っていた。

「十七時って、もう過ぎてる！」

さらに入力された予定を裏付けるように、優高から『今どこ?』『おーい』『何かあった?』と連続してメッセージが届いている。

「ごめん、ちょっと出てくる！」

「はいはい、行ってらっしゃい。気をつけてね」

急いで玄関に向かい、先ほど脱いだばかりの靴に足を入れた。

外に出ると、すでに日が暮れて住宅街は薄暗い。

駅への道を急ぎながら、優高に電話をかけた。

「もしもし、優高さん?」

『ああ、どうした?　職場で何かあった?』

彼のうしろから、馴染んだカフェで流れているピアノアレンジのジャズが聞こえてきた。

カフェアジェロは、仕事帰りにいつも待ち合わせで使う店だ。

たいてい、優高は先に店について待っていてくれる。

——どうしよう。今から渋谷に戻ったら、一時間近く待たせちゃう。

「あの、ごめんね。実はうっかりしていて家に帰ってきちゃったの」

『ははっ、何してるんだ。事故や急病じゃなくてよかったよ。どうする？　今からこっちに戻るのは大変だろうし』

「優高さんを待たせることになるけど、戻ってもいい？」

『俺は平気だよ。仕事の資料でも見ながら待ってる。無理して急がないように』

「うん、急ぐね」

『急ぐなって言ってるんだけど？』

「わかってる。ゆっくり急ぐ」

『矛盾してるって』

「そうかもしれないけど」

坂になった住宅地は、職場の近くの道より傾斜がきつい。

だが、幼いころからこの町で暮らしてきた綾夏にとって、坂は慣れ親しんだものだ。

話しているうちに、最寄り駅までたどりついた。

通話を終えてホームへ向かいながら、綾夏はひどく混乱してきた。

たしかに予定を忘れて、失敗したことがないとは言わない。

優高とのつきあいも半年以上だ。緊張感が薄れ、彼といるのがごく自然になってきているのも自覚している。

――だからって、こんなに何も覚えてないなんて。

ホームに着くと、ちょうど上りの特急がホームに入ってきたところだった。下りは仕事帰りの社会人で混雑しているけれど、上りはびっくりするほど空いている。

すぐに乗り込んで、入り口近くの座席に腰を下ろした。

自分で思っているより、疲れているのかもしれない。だから、約束をしたときのことも今朝の姉との会話も覚えていないのだろう。

――そういうこともある。うん、わたしがぼんやりしていただけだ。

自分に言い聞かせながら、手にしたままだったスマホをぎゅっと握りしめる。

どうしてだろう。

たったひとつ、約束を忘れていただけ。

頭ではわかっているのに、忘却の事実がひどく心をざわつかせた。

車内に、これから停車する駅を案内するアナウンスが流れる。それを聞きながら、綾夏は必死にスマホを握るしかできなかった。

§　§　§

カフェに到着すると、優高はコーヒーを飲んで待っていてくれた。

「ごめんね。お腹減ってない？」

「俺は平気だよ。それより最近、忙しすぎるんじゃないか。先週も、バイトの大学生が帰省するからって、一週間働き詰めだっただろ」

「わたしよりよっぽど忙しい社長には言われたくないなあ」

「へえ？　俺の仕事を心配してくれるんだ」

「いつだって、心配してるよ。優高さんこそ、わたしと会ったあとも会社に戻るじゃない」

今日も、彼は仕事を終えて待ち合わせ場所にいるのではなく、仕事を抜けて来ているのは知っていた。

だからこそ、待たせるのは心苦しい。ほんとうに、なぜ忘れてしまったのか。自分で自分が信じられない。

「つまり、俺には休暇が必要だってこと？」

「うん。まあ、わたしにも必要かもしれないけどね」

——優高さんとの約束を忘れるくらいだから、よっぽど疲れてる。たぶん。

「じゃあ、綾夏がつきあってくれよ」

「何に？」

「俺がちゃんと休んでいるか確認して、二十四時間、監視つきの休暇に協力してほしい」

「それ、休暇かなあ？」

「休暇だよ」

「もしかして、休みのお誘い？」

「そういうこと」

「ヘンな誘い方する」

「うるさい。協力してくれるんだろ？」

「仕方ないなあ」

そう言いながら、彼とふたりで休暇を取るのは想像しただけで楽しそうだ。

「実は、倉木からも休暇をとるよう勧められていたんだ。うちの秘書は優秀でね。すでにホテルの目星もつけてくれている」

「倉木さんは、ほんとうに優高さんのこと大好きだよね。ホテルって、都内？」

「いや、伊豆（いず）のほうだった。アニマルセラピーのために、あの、なんて言ったっけ。大きいげっ歯類の」

「……カピバラ、とか？」

「それだ。カピバラのいるホテル、いや、ヴィラだったか」

「ええ？　カピバラがいるってどういうこと？」

彼はタブレットの画面を見せてくれた。

そこに映し出されたのは、まさしくカピバラのいる――いや、いるどころではない。カピバラと触れ合い放題のホテルだ。

「前に水族館に行ったとき、綾夏がすごく喜んでいただろ。それで、倉木に動物関連の情報を調べてもらっていたんだ」

「……嬉しい。ありがとう、優高さん」

「どういたしまして。綾夏が喜んでくれて、俺も嬉しいよ」

それで、と彼が続ける。

「来週から二週間、仕事で海外に行くって話したと思うんだけど、帰ってきたら一泊二日で行かないか？」

綾夏の職場のシフトは彼にも伝えてあった。

優高は、綾夏の休みの日を選んで提案してくれたのだ。

――でも、海外って？

「二週間も海外に出張なの？」

「話した気がするけど、忘れた？」

「そうかも。……二週間、かあ」

彼は多忙だ。国内の出張も多い。

だが、二週間も会えないのは、つきあってから初めてのことだ。

「寂しいな」

思わず、本音が口をつく。

「俺も、綾夏に会えないのはつらい。だから、帰ってきたら旅行でたっぷり綾夏を充電させてくれよ」

「ふふ、充電、いいね。いっぱい充電しよう。それにしても倉木さん、いいホテルを見つけてくれたんだね」

優高の秘書の倉木は、男児ふたりの父親でもある。

もしかしたら、家族旅行で行ったことがあるのだろうか。

「最近、リニューアルしたらしい。倉木は、ああ見えて動物が好きなんだ。前に綾夏と水族館へ行っただろ。あそこの年パス持ってるって言ってたぞ。子どもたちとよく行くらしい」

以前の優高だったら、自分の秘書とプライベートな会話をすることもなかった。

それが、今では倉木の好きなものを知っている。優高の変化は、目に見えて感じられた。

「いいなあ。わたしも、水族館好き。動物園も大好き」

「俺は綾夏が好きだけど」

「そっ、それは、わたしもそう、だけど……！」

三月下旬、優高が帰国したら旅行に行く約束をして、その日は車で家まで送ってもらった。

普段なら電車で帰ると言う。だけど、なんとなく不安だったのだ。

それに、綾夏を送ったら彼も自宅に戻ると約束してくれたので、優高にも休んでほしいと思った。

「ごめんね、甘えちゃって」

「甘えてくれるほうが、俺は嬉しい。綾夏は基本的に、なんでも自分で解決できる。それは知ってる。自立した人間は好ましいけれど、恋人に頼られるのはまんざらでもないからな」

「優高さんの、そういうとこ、今までどうやって周囲に隠してこれたのか不思議になる」

「なんだ、それ」

「だって、人間不信どころか親切すぎるんだもの」

二週間も出張で離れ離れになるのは初めてだけど、彼が帰ってきたらひと晩中一緒にいられる。

それを楽しみに、彼がいない間も仕事をがんばろう。

少しはダイエットもしようか。

カピバラと一緒に、たくさん写真を撮りたい。本音は、カピバラだけではなく優高とふたりの写真がほしい。

「早く帰ってきてね」

「予定どおりになると思うけど？」

「気持ちの問題！」

「わかった。綾夏も無理しすぎるなよ」

綾夏の自宅前で車を降りると、彼は名残惜しそうに目を細めてから小さく手を振る。

お互いのスケジュールを考えると、おそらく出張前にゆっくり会う時間は取れそうにない。

——寂しいけど、大丈夫。旅行があるし！

遠ざかっていく車のテールランプを見送ってから、綾夏は玄関のドアを開けた。

§　§　§

かかりつけ医で花粉症の薬を処方してもらうと、途端に楽になる。

人間の体は不思議だ。そして、薬や医療を研究してきた先人たちに感謝の気持ちでいっぱいになった。

三月も終わりに近づき、優高のいない二週間がもうすぐ終わろうとしている。

綾夏は結局、月末の連休を確保するため、今日まで九連勤をこなしてきた。普段ならもう少しシフトに余裕があるのだけれど、大学生バイトの半数が春休みで帰省しているため、三月は毎年忙しい。

「ただいまー」

姉と妹と共用の部屋に戻ると、すでに美春は寝ている。

今日は、帰りがかなり遅くなってしまった。

次回の読書会企画の準備で、店を出るころには二十一時を過ぎていたのだ。

「おかえり、遅かったね」

姉の千冬が、パジャマ姿で出迎えてくれる。

「んー、疲れた」

今夜は、父が食事当番だった。介護施設で働く母は、夜勤のはず。

「お姉ちゃんも、もう寝るところ?」

「うん、そろそろね。綾夏、ごはんは?」

「遅くなったから、職場で軽く食べた」

「じゃあ、ごはん残ってるの、明日の朝食べて。今日はお父さんのちらし寿司だったよ」

「ええ! お父さんのちらし寿司、大好き。明日、お弁当作って持っていこうかな」

父の作るちらし寿司は、家族みんなの好物だ。ちらし寿司のもとを使い、塩もみしたキュウリと刻みたくあんを一緒に混ぜる。甘酸っぱくて、少ししょっぱい。

——あれ? 何か足りない。あと、何か……。

「ねえ、お姉ちゃん」

「うん」

「お父さんのちらし寿司って、塩もみキュウリと刻みたくあんのほかに、何が入ってたっけ？」

「どうしたの、急に」

「思い出せないの。もう一個、何かすごく大事なものが入ってた気がするんだけど」

口の中に、味を思い出す。

甘くて酸っぱくてしょっぱくて、それから、それから……？

「アーモンドでしょ。昔から、ビニールに入れたアーモンドを麺棒で叩くの、綾夏は好きだったじゃない」

「アーモンド……だっけ……？」

たしかに、父のちらし寿司は香ばしい風味があった。食感も、ゴマとは違うカリカリ感があった気がする。

けれど、それがアーモンドだったのかどうか思い出せない。麺棒でアーモンドを砕く作業は、やったことがある。たぶん、幼いころに姉と、いや、弟と一緒だっただろうか。

「大丈夫？」

「ん？」

「最近、ちょっと様子が変じゃない。この前も、一ノ瀬さんとの約束を忘れて帰ってきたし」

「たぶん疲れてるんだと思う」

休まなければと思っていたはずが、気づけば九連勤だ。

疲労は思考力を鈍らせる。記憶も曖昧になる。万年寝不足状態だと思えば、さして
おかしなことではない。

「それならいいんだけど、あんまり無理しないでよ」

「うん、ありがとね」

千冬はまだ心配そうな目でこちらを見ている。

肩からトートバッグを下ろして、その場で大きく伸びをした。疲れているだけ、健
康です。そんなアピールのつもりだったが、思っていたより体が凝り固まっているの
に気づく。

「あ、背中ばきばき」

「この前あげた、整体の割引クーポン使ったら?」

そう言われて、綾夏はきょとんと姉を見つめた。

――そんなもの、もらった?

だが、姉がくれたと言っているものをもらっていないと言ったら、気分を害するか

もしれない。いや、それどころかおそらくまた心配される。

看護師として働く千冬は、職業柄なのかちょっとした家族の不調を見逃さない。

小さな変化でも、病院に行ってみたら、と提案してくれる。

もちろん、姉は家族を思って言っているのは承知の上だが、ときどき心配の度が過ぎているように感じてしまうのだ。

だから、整体のクーポンについては思い当たることがなかったけれど、綾夏はその話題を避けてお風呂に入ると言って部屋を出た。

ちくちく、ちくちく。

心のどこかに、見えない針が刺さっている。

それは何かの拍子に綾夏を刺激し、不安や焦燥感を煽(あお)る。

何かがおかしい。

だけど、何がおかしいのかわからない。

——お姉ちゃんに相談したら、きっと病院に行けって言われるんだろうな。

今は仕事も忙しい時期だ。来週は、伊豆への一泊旅行もある。

もうしばらく様子を見てからでもいい。いつもどおりの生活に戻ったら、元通りになるかもしれないのだから。

階段を降りて洗面所のスライドドアを開けると、正面の鏡に映った自分と目が合った。

ナチュラルボーンポジティブと呼ばれていたはずの綾夏は、ひどく困った顔をしていた。

§　§　§

東京駅から特急踊り子に乗って、二時間二十分。

到着した伊豆稲取駅のホームから見上げると、快晴の空が大きく広がっていた。

「なんだか、遠くまで来た感じがする」

黒いボストンバッグを手にした優高が、日差しに目を細める。

「この間まで、外国に行ってたのに？」

飛行機で移動したほうが、距離的にはよほど遠くまで行ったはずだ。

「電車で景色を見ながら移動してくると、また違うよ。二時間も電車に乗るのは、ほんとうに久しぶりだ」

当初、優高は車で移動するのを提案していた。

しかし、東京から伊豆への移動は車でも電車でもかかる時間に大差がない。だったら、ゆっくり話しながら電車に乗るほうがふたりで一緒に楽しめる。そう言った綾夏の希望を、彼はかなえてくれた。

「それはそうだね。わたしも、就職してからこんなに遠くまで来たことないかも」

学生のころは、まだ幼い弟妹がいることもあって長期休暇ともなれば家族旅行に出かけたものだった。

働きはじめてからは、近場の花見やバーベキューがせいぜいで、二時間以上も電車に揺られた記憶はない。

「駅まで送迎に来てもらえるんだっけ？」

「電話すると来てくれるらしい。改札を出てから電話してみるよ」

東京で暮らしていると自動改札が当たり前になっていたが、伊豆稲取駅の改札には駅員の姿があった。

ふたりは改札を出てから駅舎の中にある売店を覗き、送迎車が来るまで十分ほど地元の名産品を吟味した。

ヴィラのある宿泊施設は、もともとスポーツも楽しめる複合型のリゾート地らしい。広い敷地にはテニスコートやライブラリーカフェ、リゾート感のあるガラス張りの大浴場にフィンランド式のサウナまで完備されている。
部屋は、ホテルタイプもあるけれど基本はヴィラだ。
ヴィラという単語は、元来大邸宅という意味がある。しかし、宿泊施設における
ヴィラとは、戸建てで別荘のような広々としたタイプをいう。コテージがどちらかと
いうとキャンプや自然を満喫するのに対して、リゾートらしさが強い。
ふたりの予約した部屋は、リニューアルされたばかりのアニマルヴィラである。
三棟並んだヴィラは、ウッドデッキから出ると同じ大きな庭を共有している。
庭はフェンスで囲まれていて、細かい砂地に大きな池が設置されていた。そこに二
十八匹のカピバラが気ままに寝転んでいるのだ。
「わあ！　本物のカピバラ！」
荷物を置くのも忘れて、綾夏はウッドデッキに続く掃き出し窓に近づく。
デッキでごろりと昼寝をしているカピバラのお腹が、呼吸に合わせて動くのが愛ら
しい。
「綾夏、こっちにも」
「え？」
呼ばれて振り返ると、室内の壁に大きなはめ込みの窓がある。

窓の向こうには屋内の餌場があり、カピバラたちがもくもくと草を食んでいた。

「……っっ、かわいいぃ……」

悶絶する勢いで、足踏みをしてしまう。

カピバラは、体の小さい子ほど毛の色が鮮やかだ。大きな子たちは白っぽくなった長い毛をしている。

なんとも虚無感を感じさせる半眼と、想像よりも旺盛な食欲に、ふたりはしばし黙ってカピバラを見つめていた。

「ふは、なんか、息止めて見てた」

「呼吸を忘れるほどかわいい。わかる。でも、呼吸はしてくれ」

「うん、気をつけるね」

背中をぽんと軽く叩かれて、隣に立つ彼を見上げる。

いつもよりラフな髪と、カジュアルな私服。休日に会うのは珍しいことではないのに、彼の私服姿を見ると、いつも妙に心臓が高鳴ってしまう。

個人的に会話をするよりもずっと以前から、スーツ姿の優高を見慣れてきた。だから、スーツのほうが普通で、私服は特別に感じてしまうのだろう。

「外、出てみる？」

だよ」

「いいに決まってる。そこのローテーブルに、カップに入ったニンジンがあるみたい
「いいの⁉」

アニマルヴィラに宿泊した客のみが、カピバラに餌やりできるのだ。

スティック状にカットされたニンジンが、三カップも準備されている。

「こんなにたくさん、あげられるかな」

「どうだろう。二十八匹もいるっていうから、すぐなくなるんじゃないか？」

今までにも、動物園でカピバラを見たことはある。それに、テレビでも温泉に浸かっているカピバラをよく映している。

現生するげっ歯類の中では、もっとも体の大きな生き物でありながら、彼らはのどかでのんびりしたイメージのある動物だ。少なくとも、綾夏はそう思っていたのだが――。

「ちょ、ちょっと待って、のぼってこないで～」

ニンジンのカップを左手に持つ綾夏は、ウッドデッキに出てすぐカピバラたちに囲まれた。

餌場にいた子たち、庭にいた子たち、デッキで昼寝をしていた子も起き上がって、みるみるうちに前後左右をふかふかの毛の生き物で埋め尽くされる。

やわらかな肉球を押しつけるようにして、カピバラは気軽に綾夏の脚にのぼってきた。爪がワンピースに引っかかると、少し痛い。

大きなふたつの鼻穴をフゴフゴさせながら、カピバラたちは前足をかけてくるのだ。

「あはは、いいね。綾夏、すごいかわいい」

「もう！ 困ってるのわかってるでしょ。助けてよ、優高さん！」

カップごと持たず、数本のニンジンを手にしてデッキに出ていた彼は、餌をあげ終わるとスマホのカメラをこちらに向けている。

「写真撮るより、救出してよ〜」

「写真じゃなくて、動画」

「ええ？ こんな姿を⁉」

風が綾夏の前髪を揺らす。

砂と草食動物の香りの中、カピバラたちは無言でニンジンを求めてきた。

「わあ、ちょっと、寄ってくる。寄ってきてる！ 優高さん、カップ受け取って」

「ほら、ニンジンあげないと」

「そうじゃなくて、受け取ってよ〜。ちょ、きみたち、のぼらない！　くすぐったい！」

立ち止まると、すぐにカピバラはのぼってくる。しかし、あまりに近くまで来るので移動するのに足を踏んでしまいそうで心配だ。

鼻先を上に向け、人間の動きに合わせて首を動かすその姿が愛らしい。足裏が思ったよりもやわらかいのもたまらない。

「もうない、ナイナイだよ。ほら、からっぽ！」

カップを逆さまにして振ってみせても、残念ながらカピバラたちに綾夏の言葉は伝わっていないらしかった。

「うう……、もうないのに〜」

とはいえ、しばらくその場に立っていると、言語の通じない彼らにもニンジンはなくなったのが伝わったらしい。

「えっ」

去っていくものと思いきや、カピバラは綾夏を取り囲んだままウッドデッキの上にぺたりとお尻を下ろす。早くも寝転ぶものもいる。

その中の一体が、庭用のサンダルを履いた足の上に座っていた。

「あ、あの、優高さん、この子、わたしの足に座っちゃったんだけど……」

指と甲に、ぬくもりを感じる。

触れたお尻は、ほっこりと温かかった。

「お？　生意気だな。俺だって、綾夏に座ったことはないんだぞ？」

しゃがみこんだ彼は、カピバラと目線を合わせて話しかける。

――優高さんが、わたしに座ったことがあったら、そのほうが問題じゃない？

「俺の彼女に座るとは、なかなかやるな。かわいいから気に入った？」

「……なんでカピバラに彼女自慢してるのかな」

「それはもちろん、綾夏が――わっ！　なんだ⁉」

彼のシャツの裾を、背後から別のカピバラがはむっと噛んだ。長い二本の前歯が、布地に食い込んでいるのは想像に易い。

「優高さん、カピバラに食いつかれてる……っ」

「そっちはカピバラの椅子になってるだろ。って、おい、きみ、俺の服は食べ物じゃない！　噛むな、こら、離してください！」

カピバラに向かって「きみ」と呼びかける彼が好きだ。

動物相手でも「おまえ」ではなく「きみ」と呼ぶところが、優高の優しさをあらためて感じさせる。

「こーらー、頼むから、ね、ニンジン取ってきてあげるからさ」

次第に懇願に変わった彼の口調が、ますますおもしろくて綾夏はお腹が痛くなるほど笑った。

そして、綾夏がこんなに笑って震えているのに、足の上に座ったカピバラは我関せずとばかりにくつろいでいた。


ひとしきりカピバラと戯れてから、やっとの思いでヴィラの中に戻ると、ふたりとも服のあちこちを噛まれて、唾液と草にまみれている。

「ねえ、カピバラってもっとのそのそした感じだと思ってたんだけど」

「ああ、俺も驚いた。あんなにアグレッシブに食べ物に寄ってくるんだな……」

シャツの裾を確認する優高は、まだ唇が笑みのかたちになっている。

「それにしても、カピバラに追いかけられる綾夏はかわいかった」

顔を上げた彼が、優しく微笑んでいる。

——あ、また。優高さんは、笑うと泣きそうなくらい目尻が下がる。

普段がきりっとした精悍な印象だからこそ、笑ったときの彼は見ているこちらの胸が痛くなるほど優しい。

「部屋、二階もあるんだな」

ソファとローテーブルのあるリビングの逆側にはベッドが四台、等間隔に置かれていた。

高い天井は吹き抜けになっていて、メゾネットタイプの階上の手すりが見えた。

蹴込み板のないオープン階段をのぼっていくと、ベッドが二台。

階下は四台のベッドがそれぞれ離れて置かれていたが、こちらはぴたりとくっつけて配置されている。

「なんか、この配置って」

「カップル仕様っぽいな」

「ここって、六人まで泊まれるお部屋だよね?」

「ああ。ベッドは六台ある」

「その中で、上の階のベッドを使うふたりの気持ちと、下の階で眠るほかの人たちの気持ちを想像したら、どっちもなんか、こう……」

「綾夏、なんかいやらしいこと考えてる?」

「そっ、そうじゃなくて!」

なんだか気恥ずかしくなり、綾夏は急いで階段を降りようとした。

よく磨かれた、手入れの行き届いた階段だ。

それが、災いした。

「ひゃぁッ……！」

スリッパの底がつるりとすべり、綾夏は足を踏み外した。

「綾夏！」

落ちる。

そう思った瞬間、体が背後に引っ張られる感覚があった。

——落ちて、ない……？

おそるおそる目を開けると、綾夏の体はうしろから優高に抱きしめられている。

「……っ、危ない」

はあ、と大きく息を吐く彼を、上目遣いで覗き見た。

その表情から、心底安堵したのが伝わってくる。

とっさにつかまえてくれたおかげで、階段を落ちずに済んだ。

旅行に来て、ものの一時間で階段から落ちたら洒落にならない。ほとんど観光も遊びもしないまま、捻挫をしていた可能性だってある。

「ありがとう、優高さん」

「ほんと、綾夏は目が離せない」

ぎゅっと強く抱きしめられ、彼の鼓動が聞こえてくる。

ドッドッとひどく逸るその音は、優高が綾夏を大切にしてくれている証拠だった。

「好きすぎて？」

冗談めかして尋ねた綾夏に、彼は目を眇めて右だけ口角を上げる。

「そのとおりだけど、何か？」

「もう、冗談に真顔で返さないでよ。恥ずかしくなる……」

「恥ずかしがってる綾夏もかわいいよ」

こめかみに、やわらかな唇が触れた。

大切にしてもらっているのがわかりすぎて、ときどき泣きたくなる。

こんなふうに誰かと恋する日が来るのを、一年前の綾夏は想像もしなかった。

違う。

誰かではなく、優高の恋人になれるだなんて、あまりに夢みたいなできごとで。

「さて、次は転ばずに下まで降りれるといいんだけど」

「降りれますぅ！」

幸せを噛み締めながら、綾夏は立ち上がった。

§　§　§

カピバラたちとさんざん触れ合って、アニマルヴィラを満喫した翌朝はだいぶ寝不足だ。

夜間は庭に下りてはいけないルールだったので、ウッドデッキにいる子を撫でて過ごしていた。

そうしていると、夜行性のカピバラはなぜかどんどん集まってくる。餌もないのに、客に馴れているからなのか、とてもフレンドリーだ。

気づけば午前三時を過ぎていて、ふたりはベッドに入ったとたん、気絶するように眠ってしまった。

恋人たちの初めての旅行にしてはあまりに健全すぎたけれど、寝起きに愛情を確認したので問題ない。そのせいで朝食の時間がギリギリになったのは、言うまでもないのだが。

「帰る前に、海のほうに行ってみないか？」

「あ、行きたい。歩いていけるの？」

「二十分くらいらしい。タクシーを呼んでもいい距離だな」

スマホのナビで確認した優高が、こちらに左手を差し出してくる。

「せっかくだし、お散歩しよ。帰りは疲れてたら、タクシーかもしれないけど」

「了解」

その手をぎゅっと握り返し、並んで海へ歩き出した。

「このあたりは、海水浴場じゃなくて岩場が多いみたいだ。自然のプールがあるって」

「さすがに、今の時期は泳ぐのは無理だと思う」

「水着もないしな」

三月下旬は、もう春の日差しだ。

それどころか、初夏と言われても納得しそうなほどに気温が高い。

ナビを頼りに歩くこと二十二分、ふたりは海岸線にたどり着いた。

「思ったより、磯だな」

「磯の香りだね」

手をつないだまま、波音に耳を澄ませて歩く。

散歩を提案したのは綾夏だけれど、彼は何か目的があってここに来たような感じがある。

――なんだろう。何か、考えてる？

彼の端整な横顔には、思慮深さがにじんでいた。

ときおり、何かを言おうとかすかに口を開けて、また閉じる。言いにくい話なのかもしれない。たとえば、海外で会社を立ち上げるから長期にわたって日本を離れる、とか――。

「綾夏」

「は、はいっ」

知らず、緊張で声が裏返ってしまった。

「ははっ、なんで声、そんななってるの」

「だって、なんか、なんかこう……」

「深刻な話をされると思った？」

黙ってうなずくと、彼がつないだ手を放す。

――え、どうして？

こみ上げる不安を、潮の香りと一緒に呑み込んだ。

昨晩も今朝も、ふたりの間に問題はなかったと思う。綾夏は、彼と楽しい時間を過ごせて幸せだった。

——だけど、優高さんは違ったのかな。何か、嫌な気分になっていたのかな。楽しかったのは、わたしだけだった……？

「急に思われるかもしれないんだけど、どうしても今日、伝えたくなった」

「……うん」

正面に立つ彼は、太陽を背にしている。

優高の輪郭が、陽光と海の青でキラキラと輝いていた。

いつだって、綾夏にとって彼は特別光って見える人だ。光が当たっていなくても、彼だけが発光しているように感じる。

だけど、こんな美しい瞬間によくない話をされたら、きっと強く記憶に残ってしまう——。

「俺と結婚してほしい」

「……えっ？」

「いや、えって、それは反応としてちょっと」

「待って。だってわたし、悪い話をされるんだと思って覚悟していて……」

緊張が緩和されて、急に体中から力が抜ける。

綾夏はその場にしゃがみこんでしまった。

「悪い話って、そっちのほうがないだろ。俺は、てっきりプロポーズしようとしているのに気づかれてるんだと思ってたんだけど」

「ぜんぜん気づいてなかったよ。もう、もう、フラれると思ったら、プロポーズだなんて」

感情がジェットコースターに乗せられて、上へ下へと大忙しだ。

「考えたこともない？」

「何度も考えたよ。優高さんとずーっと一緒にいられたらいいなって、思ってる」

「俺もだよ。本音を言うと、俺は自分が結婚願望のない人間なんだと思っていたんだ。だから、綾夏と結婚したいと気づいたとき、自分でも驚いた」

彼は、カピバラにしたのと同じように綾夏の前に膝を折って、目線を合わせてくれる。

「ずっと、きみと一緒に生きていきたい。今すぐじゃなくていいから、ゆっくり準備をして、結婚しないか？」

──そんなの、考えるまでもない！

綾夏は涙目で優高を見つめると、何も言わずに彼の首に抱きついた。

「綾夏？」

「答えは、わかってるでしょ。わたしだって、一緒にいたいんだもん」

「それでも、言葉で聞きたいって言ったら贅沢かな」

太陽が海を輝かせている。

波がきらめき、潮風が鼻先をくすぐる。

涙目なのは、世界が眩しいからではない。彼の言葉が、心を甘く優しく撫でるから。

「わたしも、優高さんと結婚したい」

「ありがとう」

ほんとうは、もっと素敵なレストランとかでプロポーズするべきだったかもしれないけど、と彼が笑う。

そんなの、ほしくなかった。

日常の幸せの先に、結婚があると綾夏は思っている。だから、彼が言いたいと思ったときに伝えてくれたのが嬉しい。

「わたしは、おしゃれなレストランより読書が好きだし、それよりもっと優高さんが好き」

「……あのさ、外でそんなかわいいこと言われて、キスしたいの我慢する俺の気持ちもわかってよ」

「でも、大好き」

「俺も好きだよ。東京に帰ったら、倉木に結婚式場の情報を集めてもらおう」

「それはふたりですることじゃない？」

「まずは資料が必要だろ？」

「優高さんって、倉木さんのこと大好きだよね」

「どうしてそうなる」

「ふふ、でもわたし、倉木さんと仲良くしてる優高さんも大好きなので、いいと思う」

「いや、待て。俺は綾夏が好きなんだが？」

「わたしも好きだよ」

平穏な毎日の積み重ねが、この恋を運んできてくれた。

奇跡なんて望まない。

ただ、優しい未来を彼と一緒に生きていきたい。

心から、そう思った。

§　§　§

四月になり、東京にも桜の季節がやってくる。

「綾夏、今日の帰りは？」

食事当番の母が、出がけの綾夏に声をかけてきた。

「今日は早番だから、帰ってきて夕飯作るよ」

「よろしくね。行ってらっしゃい」

「行ってきます」

見慣れた坂道の住宅街を歩いて、駅へ向かう。手入れの行き届いた家の庭からは春の花がほころんでいるのが見える。いつの間にか、世界は春色の化粧をしていた。

千鳥ケ淵の桜を見たことがないと言うと、優高は早速ふたりで見に行こうと連絡をくれた。

――家族に挨拶、か。

結婚の話が出てからというもの、ゆっくり準備をしようと言っていたはずが、優高は早く本上家に挨拶をしたがっている。

彼の真摯さ、誠実さの表れだろう。

しかし、なんともいえない気恥ずかしさに、綾夏はまだ姉にしか彼との結婚話を打ち明けていない。

姉の千冬は、すでに優高と顔を合わせている。

だから、姉にだけは話せた。もともと、綾夏が千冬になんでも話すのも関係あるかもしれない。

角を曲がるとき、ランドセルを背負った女の子が両親と手をつないで歩いてくるのが見えた。

「ねえ、お母さんはどうしてお父さんと結婚したの？」

「えー、何、急に」

「ミナちゃんのお母さんはね、お父さんと会社で知り合ったんだって！」

「うちは、お父さんとお母さん、高校の同級生だったんだよ」

「そうなの？　どっちから告白したの？」

微笑ましい会話に、思わず目を細める。

すれ違って、遠ざかっていく幸せそうな家族。

いつか、優高との間に子どもが生まれたら――。

――優高さんは、子どもをかわいがりそう。いいパパになるんだろうな。

想像するだけで、幸せな気持ちが胸に広がっていく。

――家族に挨拶する日、早く決めなきゃね。

彼とずっと一緒にいたい。

そう思う気持ちはあれど、結婚についてはまだどこかで他人事のように思う部分もあった。

子どものころは、大人になったら結婚をするのだと、当たり前のように考えていた気がする。

ああ、そういえば。

以前に店長が言っていたことを思い出す。

『十年前がもう高校生じゃないって気づいたときにね、ああ、大人になって久しいんだなって感じたよ』

綾夏は今年で二十五歳になる。

十年前は、まだ中学生。だが、あと五年後には十年前を思い出しても成人していることになる。

――あ、でも成人年齢って変わったんだ。今の子たちは十八歳で新成人か。

年齢はただの数字だと言い切るほどの根拠もなく、だからといって年齢に憂いたりはしない。大人になってから、まだたった五年目だ。

「よし、今日もがんばろ」

そして、春は静かに芽吹いていく。

綾夏の見えるところで、綾夏の見ていないところで。綾夏の与り知らないところで、春は根を張り、葉を広げていく。

桜はもうすぐ満開だ。


昼過ぎに、店長が休憩に出た数分後のことだった。

綾夏はエントランスを担当し、新規の女性客に店のシステムを説明しようと口を開く。

「本日はご来店ありがとうございます。当店は会員制のブックカフェです。店名はヌエヴォと読みます。フランス語で『新しい』という意味です。ぜひ、当店でお客さまの新しい時間を見つけていただければと思います」

――わたしも、初めてお店に来たとき、店長から説明を受けた。

あのとき、優高も一緒に話を聞いた。ふたりがこの店に来たのは、同じ日だったのだ。

「向かって左手の扉の向こうがカフェスペースになっています。お席は自由で、読書をしながら飲食をお楽しみいただくことが可能です。店内の本はご購入もできますので、読み終わらなかった場合などはご検討くださいませ」

「あのー、こちらのお店ってサイレントカフェだと聞いたんですけど」

　女性客の言葉に、綾夏はうなずく。

「はい。カフェスペースは、会話のご遠慮をお願いしています。皆さまが快適に静寂をご堪能いただけますよう、ＢＧＭの類もありません」

「注文はどうやってするんですか？」

「各テーブルに専用のタブレットがございます。こちらはメニューのオーダーのほかに、電子書籍をお読みいただけるようになっております」

　五年前、綾夏が初めて来店したときにはなかったサービスだ。

　あくまで紙の書籍にこだわるオーナーを、昨年店長が説得して導入した。美容室等で近年取り入れられているタブレットでの読書を、あえてブックカフェにも入れたのである。

「えー、すごいですね。いろいろ読むものがあって嬉しい悲鳴です」

「そうおっしゃっていただけると光栄です。どうぞゆっくりお時間をお過ごしください」

新規の女性客をカフェスペースに案内したあと、綾夏はレジカウンターに戻って先ほどの業務の続きをしようとした。

——……あれ？

何かを、していたはずだ。それは覚えている。

けれど自分が何をしていたのか、思い出せない。

レジカウンターの上には、ハサミとカラーペンが置いたままだ。これは、綾夏が準備したものに間違いない。

——わたし、なんの作業をしようとしていたの？　ハサミと、ペン。どうして、何も思い出せないんだろう。

忙しく仕事をしていると、こんなことは珍しくない。

特に、作業の途中でお客さまの応対が入ったときは、やっていた作業を中断するので失念してしまうことがあった。

だが、今日はひどく胸騒ぎがする。焦燥感と言い換えてもいい。

心臓がばくばくと高鳴り、呼吸がうまくできなくなる。息を吸っても酸素が足りない気がして、綾夏は天井を仰いだ。

落ち着こう。

落ち着いたら、きっとわかる。もしくは、わからなかったとしても思い出したとき
にやればいい。忘れてしまう程度ならば、さして緊急性の高い作業でもないだろう。
そもそも、普段から急ぎの仕事なんてあまりないのだから。
頭ではわかっているのに、綾夏の鼓動はどんどん速くなる。
前髪の生え際に、嫌な汗がにじんだ。
何か、大切なことを忘れているような気がして、けれどそれがどうしても思い出せ
なくて、気持ちばかりが急いていく。
店内管理用のノートパソコンで、スケジュールを確認する。
何かしら、ハサミとカラーペンを使うような予定があるかもしれない。それを見れ
ば思い出せるのでは、と綾夏は一縷の望みをかける。
しかし、何も思い出せなかった。
ただ、純度の高い不安が募っていく。心臓の音ばかりが耳元で聞こえて、こんなこ
とを言うとおかしいかもしれないが、なぜか「このまま死んでしまうんじゃないか」
という途方もない恐怖がこみ上げてきた。
――わたし、どこかおかしい。これはたぶん、普通じゃない。
その日、帰宅した綾夏は看護師の姉に相談をした。話している最中も、自分らしく

なく感情が昂ってしまう。どうしてもコントロールができない。

千冬は黙って話を聞いたあと、「綾夏、一緒に病院に行ってみようか」と提案してくれた。

行っておいで、ではなく、一緒に行く。

それは、姉が綾夏の状況を深刻にとらえていることを的確に示す言葉だった。

だからこそ、出張で東京を離れている彼には連絡しないことを決めた。

姉の取り越し苦労だったら、あとで笑い話として話せばいい。

だけど、ほんとうに深刻な状況だとしたら？

——そんなわけない。きっと、たいしたことじゃないはず。

優高に話したら、この不安が真実になってしまう気がして、綾夏は彼に何も言えなかった。

§　§　§

姉が選んだのは、都内でも有名な医大附属の総合病院だ。

新東医科大学附属病院の内科で心療内科に案内され、そこでいくつかの問診のあと、脳神経外科の受診を勧められた。

「脳って、ほんとに？」

当初はパニック発作を疑っていた綾夏にとって、脳神経外科はあまりに想定外である。

「落ち着いて、綾夏。これは、脳に異常があるって意味じゃないの。まず、心因性以外の理由を排除するために診察や検査をする。それで、体に異常がないとわかったら、心の問題を検討することになる。だから、問題がないと確認するために受診するんだよ」

だが、それで最初に調べるのが脳というのは、やはり恐ろしい気がした。

——お姉ちゃんが一緒に来てくれてよかった。ひとりだったら、もっと怖かったと思う。

脳神経外科の待合室は、内科や心療内科にくらべるとかなりがらんとしていた。時間帯の問題だろうか。

問診票に記入をしてから、ほかに待っている患者は三人しかいないのに一時間ほど経って、やっと診察室に呼ばれる。

「すみません、家族の者なんですが心配なので一緒に入ってお話を聞いてもいいですか?」

姉が看護師に声をかけると、「どうぞ、大丈夫ですよ」と診察室のスライドドアを開けてくれた。

綾夏が先に診察室に足を踏み入れると、椅子に座る男性医師がちらりとこちらに目を向ける。

年齢は、三十を過ぎたくらいだろうか。

ラフな黒髪に、少し涙袋の膨らんだ目元の甘い顔立ちで、首のラインがきれいな人だ。

――この手のタイプは、お姉ちゃんの好み……。

ちらと目を向けると、案の定千冬は目を瞬いている。

白衣の胸ポケットにつけたネームプレートには『桐生洋平』と書かれていた。

「脳外の桐生です。本上綾夏さん、今日は――記憶に欠落がある気がする、それでひどく不安になって、パニック発作のような症状が出る、とのことですが」

かすれ気味の声に、綾夏はうなずく。

「症状を自覚したのはいつからでしょう」

「たぶん、三月の初めだったと思います」

「一カ月くらい前ですね。具体的に、どういうことを忘れてしまったか教えてください」

「はい、最初は――」

綾夏は、自分の覚えている記憶の齟齬を説明した。

いくつか質問をされて、慎重に思い出しながら答える。

その中で、ドキッとしたのは、

「この一年以内で、頭を強く打ったことはありますか?」

というものだった。

「あっ……」

声を出したのは、綾夏ではなく姉だ。

だが、綾夏も同じことを思い出していた。

昨夏の、自転車事故。

優高をかばおうとして、自分がガードレールに後頭部をぶつけてしまった。あの日のできごと。

「何か、心あたりが?」

「はい、その……去年の夏ぐらいに、自転車と接触してガードレールに頭をぶつけました」

「そのときは、病院に行きましたか？」

「行きました。たしか、病院は……」

事故のときの説明をすると、医師の表情が曇っていく。こんなに顔に出していいのだろうか。もし、重篤な病気の患者に当たったら？

そんなことを考えながら、きっと桐生は素直ないい人なのだろうと思う。

「では、次回検査の予約をしましょうか。なるべく早い日程で、検査の空いてる日は――」

耳の奥で、嫌な音が聞こえていた。

不安を羽虫に変えて、鼓膜の間近で飼っている。そんな音だった。

耳鳴りよりも、もっと鋭くザリザリと心を削るその音は、次回通院で検査を受けて結果を説明されるときまで、ずっと聞こえていた。

「昨年の頭部外傷の際、脳のこの部分に傷ができていたと思われます。とても小さい傷なので、詳細に検査をしないと見つからないんですよ」

液晶に映し出されたＭＲＩ画像をペンで指差し、桐生がじっとこちらを見つめる。

自分の脳の画像なんてまるで現実味がなくて、説明されてもよくわからない。だが、今はきわめて重要な話を聞いている。わからないではなく、わかるまで聞かなくてはいけないのだ。

「ここから出血があって、血腫ができました。その血腫は、さらに奥、脳幹という部分を圧迫しています。そのせいで、記憶に影響が起こっている可能性が高いです」

「のう、かん、ですか」

鸚鵡返しにしながら、綾夏は隣の椅子に座る姉に目を向けた。

千冬は、唇をぎゅっと引き結んでＭＲＩ画像を睨みつけている。

「お姉さんは、看護師だと聞いています」

「……はい」

「では、もしかしたらお察しかもしれません。脳幹のこのあたりは手術するのが非常に危険な場所です。しかし、本上さんの場合、このまま放っておくと血腫の圧迫が影響して血管が細くなり、血流が途絶え、細胞が壊死してしまう可能性もあります。脳梗塞という状態です」

ここまで、桐生はわかりやすい言葉を選んで話してくれているのに、綾夏はずっと理解が追いつかなかった。

気持ちが拒否しているからかもしれないが、言葉がわかっても脳の状態についてあまりに無知だったことも影響している。

「脳梗塞……」

けれど、その言葉は耳慣れていた。

聞いたことのある単語の登場に、とたんに自分の脳が危険な状態だと理解してしまう。もう、逃げられない。頭の中の血腫からは、逃げようがないのだ。

「ただし、脳梗塞はかならず引き起こされるというものではありません。目の前の問題としては、本上さんの脳幹を圧迫している血腫の状態です。このせいで、逆向性健忘が起こっていると考えられます。ですが、まずは症状を詳細に確認する必要があります。健忘症候群にはＤＳＭ-Ⅲ-Ｒという診断方法があって、このテストを――」

遠い海の向こうから風が吹いてくる。

あれはきっと、優高と一緒に行った伊豆の海。綾夏の知らない外国から届く風が、髪を、スカートの裾を、濡れたつま先を、やわらかな耳たぶを震わせる。

自分にはどうしようもない、どうすることもできない、何か。

いくつもの検査の結果、綾夏はだんだん記憶を失っていく症状を発症していることが判明した。

忘れていると自覚するときに、パニック発作に似た状態が起こっているのだそうだ。

そして、すべてを引き起こしている血腫は脳幹にとても近いところにあるため、手術を行うことは――正しくは、手術を成功させることが非常に困難な状態だという。

彼とつきあうより以前の、あの自転車事故のときに、綾夏はすでに記憶を失っていく運命を背負っていた。

もう、取り返しのつかない、あの日。

『他人のために身をなげうつだなんて、愚行が過ぎるだろう』

『なげうってませんよ。それに、怪我をしたって言っても、わたしは元気です』

『偶然無事だっただけだ。もっとひどい結果だってあり得る状況だった』

『でも、一ノ瀬さんも自転車の方も無事だったんですよね？　ふたりとも無事、よかった！』

『ありえない』

まだ、覚えている。

事故のあと、病院でかわした優高との会話をちゃんと思い出せる。

――だけど、それも忘れてしまうかもしれない。わたしは、優高さんとの思い出を失っていく。

結婚しようと言ってくれた優高は、今の綾夏の状態を知っても見放さない。彼は冷たいふりをしていても、ほんとうは優しい人だと知っている。人を信じて、人と生きていこうと努力しているのも、綾夏はわかっている。

——もし、事故が原因だと知ったら……？

優高は、きっと自分を責めるだろう。

綾夏の勝手な行動で、彼は彼自身を責め、記憶を失っていく綾夏に対し、責任を感じてしまう。

「お姉ちゃん、どうしよう」

病院からの帰り道、綾夏は震える指で姉のジャケットの裾をつかんだ。

「ねえ、わたし、どうしたらいいの？　だんだんいろんなことを忘れていくって、もしかしたら脳梗塞で死ぬかもしれないって、大事な人たちを忘れてしまうの？　お姉ちゃんのことも、美春のことも、お父さんもお母さんも……」

「綾夏」

「好きな人のことも、忘れちゃうかもしれないって。優高さん、プロポーズしてくれたの。なのに、忘れちゃう。どうしよう、どうしたらいいの……」

姉は、力強く綾夏を抱きしめてくれた。

けれど、お互いに何も言えなくなる。

どうしよう。どうしたらいい。

答えなんて、どこにもないと知っていた。

小指の爪よりも小さな血腫ひとつで、綾夏の人生は変わってしまう。

原因はわかっているのに、誰にもどうすることもできないなんて、こんなことがあるだろうか。

「う、うっ……、嫌だよ、わたし、こんなの……」

――わたしは、好きな人を傷つけたくない。優高さんを苦しませたくない。

青空の下、薄ピンク色の花びらが音もなく散っていく。

小学校の音楽室から聞こえてくる、リコーダーの調子外れた音。

すれ違う車の後部座席から、外を見ているラブラドールレトリバーの瞳。

泣いている妹を抱きしめて、自分は決して泣かないと奥歯を噛みしめる姉の優しくて悲しい腕のあたたかさ。

世界はこんなにも、いつもどおりなのに。

――わたしの世界だけが、閉ざされていく。静かに、頭の中に閉じ込められていく。

生まれて初めて、桜が散るのを止めてほしいと思った。
今この瞬間で、時間を止めてほしいのに。
花びらは、風に吹かれて歩道へ舞い散るばかり。時間は、誰にも平等に流れていく。
綾夏は泣きながら、覚悟を決めた。
自分にできることが、まだある。
未来を選ぶためにこの手をこの足を、今ならまだ動かせるのだから。
——だから、優高さんとはお別れしよう。
人を信じられるようになった優高なら、きっとまた誰かを好きになることができる。
そして、その誰かが彼を好きになってくれる。
どうか、彼が幸せでありますように。
どうか、いつまでも笑って暮らしていけますように。
あの優しくて泣きたくなる笑顔を、自分のせいで曇らせずにいられますように——。

§　§　§

四月も中旬に差し掛かり、花びらのすっかり散った桜の根元に桜蘂（さくらしべ）が積もる。

折しも今日は、冷たい雨。春のあたたかな気温は鳴りを潜め、街行く人は傘を深くさしていた。

優高は、テーブルを挟んで座る綾夏をじっと見つめている。

彼女の話を聞きながら、これがまるで現実ではないように感じてしまうのだ。

「――だから、やっぱりわたしたちって住んでる世界が違うっていうか」

ふたりの定番の待ち合わせ場所であるカフェアジェロで、彼女が窓の外を眺めながら言う。

さっきから綾夏は、優高のほうを見ない。なぜ、目をそらしてこんな話をするのだろう。

――プロポーズをして、結婚したいと答えてくれたあの日から、まだ二週間と少ししか経っていないのに、何があったんだ。

「結婚って言われて、やっと現実が見えたんだ。お互いに、自分らしく生きるほうがいいと思う」

ひとつも納得できない理由を並べて、彼女は別れ話をしている。

「俺はそんなこと思っていない。綾夏といる自分が、自分だ」

「でもわたしはそう思うの。優高さんに無理してもらいたくない」

「どうして、俺の気持ちを勝手に決めるんだ。俺は、無理なんてしない。好きな相手と一緒にいるのが何よりだとわかった。教えたのは、綾夏だろう？」

「それは……」

彼女と出会って、人を信じられる自分になりたいと思った。

いや、そうではない。出会ったから、ではなく本上綾夏という女性にふさわしくありたいからこそ、人を信じるちからがほしかった。

しなやかで、自由で、だけど相手に寄り添うことのできる綾夏。

彼女を好きになるほど、優高は自分の頑なさと冷酷さを自覚した。

だから、彼女に自分を恋人として選んでもらいたくて、自分を変えたいと願った。

綾夏とつきあう以前にくらべて、少しは人間らしくなれたと自負している。人間不信も、ずいぶん薄れてきたと思うのだが。

――それがどうして、今になって別れたいなんて言うのかわからない。

「とにかく、保留だ」

窓ガラスの向こうで、雨の雫が流れていく。

別れたくないと言えばよかった。

けれど、小さなプライドがその言葉を阻む。

「今すぐ決められる話じゃないのはわかるだろう。お互いに結婚を考えていた関係だ。もっとよく考えて、話し合うべきだ」

保留だなんて、逃げの一手でしかない。

それでも、彼女を見送るなんてできそうになかった。

「どうして。わたしは別れたいって言ってるのに」

「その顔で、本心だって言われても納得できるわけがない。気づいていないのか？」

伏せた目が、真っ赤になっているのを知っている。

泣きそうなのを、こらえているのだ。

何か理由があって、別れを告げているのだろう。その理由さえわかれば、別れないと強く言うこともできる。

――保留にしておいて、彼女の事情を調べる。俺には綾夏と別れる選択肢はない。

「とにかく今日は送っていく。綾夏、疲れてるだろう。早く帰って、ゆっくり寝てほしい。話はそれからでもかまわないよな」

「……」

黙り込んだ彼女の、か弱く華奢（きゃしゃ）な肩。

強く抱きしめて「別れたくない」と言えたなら、何か変わるのだろうか。

「帰ろう。雨がひどいから、店の前まで車をつける。少し待っていてくれ」
返事を待たずに席を立った。
会計を済ませて外に出ると、排水溝に桜蘂が流されてきている。
無理だ。離れたくない。別れたくない。彼女を失いたくない。
手早く傘をさして、優高は駐車場へ向かって走り出す。
けれど、ふたりが個人的に会話をしたのはそれが最後だった。
車で戻ったときには、綾夏は姿を消していた。
「……何が、あったんだよ」
ハンドルに両腕をかけて、優高はひたいをつける。
フロントガラスを流れていく雨と、ワイパーにぽつりと落ちた桜蘂。
花見にすら、行けなかった。
一緒に千鳥ヶ淵の桜を見ようと言っていたのを、彼女は忘れてしまったのだろうか。
——俺が悪いなら、全部直す。だから、綾夏。俺から離れていかないでくれ。
声はどこにも届かない。
雨が優高の車を濡らし、ここがどこなのかさえわからなくなる。
——ここはどこだ。どうして綾夏はいないんだ。どうして俺は、ひとりでこんなところにいるんだろう。

彼女が、優高に世界を教えてくれた。

たったひとつ、初めて見つけた愛だった。


帰宅後に、彼女とのメッセージのやり取りを確認しようとアプリを立ち上げる。

玄関には靴が脱いだままのかたちで置かれ、スーツのジャケットは床に投げ捨てた。

何も手につかない。

広く空虚なリビングの中央に置かれたソファに座り、優高は苛立ちながらアプリの画面を眺める。

今日の昼までの、ふたりの会話がそこに残されている。

何か、伝えなくては。

メッセージを入力している途中で、仕事の電話がかかってきた。

優高は舌打ちをしそうになる自分をこらえ、つとめて冷静に通話を開始する。

「もしもし。ああ、その件か。――わかっている。私のほうから、明日にでも連絡しておく。――ああ、そうだな。倉木、悪いんだが今夜はこのあと連絡をしないでほしい。――違う。くだらないことを言うな」

何を話したか、ろくに覚えていない。ただ、早く電話を終わらせたかった。

通話を終えてアプリの画面に戻ると、先ほどとは違う表示がある。

「……どういうつもりだ」

ヘッダーの名前は『メンバーなし』となり、最新部分にタイムスタンプと『Unknownが退出しました』というテキストが並んでいた。

一覧画面に戻っても、綾夏の名前はない。

再度、メンバーなしのトーク履歴を確認するが、これは間違いなく彼女との会話だ。

――ブロック、ではない。アカウントを削除したということか。そこまで、俺との縁を切りたいのか？

その夜は、眠れずに何度も彼女との会話履歴を読み返した。

彼女を傷つけてしまう発言をしなかったか。

彼女を困らせる言い回しがなかったか。

彼女に嫌われる原因の一端でも見つけられやしないかと、目を皿にして会話を追いかけた。

別れ話をされて、メッセージアプリのアカウント削除までされているというのに、こらえきれずに朝になって電話をかける。

しかし、無情に通話中の音が鼓膜を震わせるばかりで、彼女を呼び出すことはない。

着信拒否をされたのだと、すぐに気づいた。

気づいてはいたけれど、認めたくなかった。

こんなにも一方的に彼女の人生から締め出されてしまうだなんて、考えられない。

何か理由はあるはずだ。絶対に、彼女はこんなことを平然とやってのける人ではないと信じられる。

睡眠不足の頭を軽く振って、優高はシャワーを浴びた。

熱い湯で頭の中を洗い流してしまいたかったが、目を閉じていると彼女の笑顔ばかりが浮かんでくる。

何ひとつ、忘れられない。

彼女への気持ちは、色濃く心を支配していた。


翌日、店に綾夏の姿はなかった。

そして、優高は思い知る。

相手が本気で関係を絶とうと思ったら、追いかける術(すべ)は存外少ないのだ、と。

その翌日も、さらに翌日になっても、彼女には会えなかった。

古くからいるスタッフの女性に声をかける。彼女は、店長だ。

「失礼、本上さんは最近見かけないけれど、どうしているんだろう」

「本上ですか？」

相手は一瞬、怪訝(けげん)な表情を浮かべた。

それも当然だ。ただの常連が、突然スタッフについて尋ねてきたのだ。

ストーカーを疑われてもおかしくない。

——いざとなったら彼女との写真を見せて、俺は彼女の恋人だと説明をして……。

「彼女なら、先週いっぱいで退職しました。一ノ瀬さんには、事故のときもいろいろとご迷惑をおかけしまして——」

世界が、瓦礫(がれき)を打ち砕いたように崩れていく。

ここにあると信じていたものは、もうとっくに優高の手の中からこぼれ落ちていた。

彼女は、消えた。

本上綾夏は、完全に優高の前から姿を消してしまった。

去っていく四月をどんなに追いかけても、散った桜は戻らない。彼女はどこにもいない。

第三章　二度目の夏、雨は少なめに

　四月の終わりに、綾夏は母方の祖母が遺してくれた古民家へ引っ越しをした。

　宮城県仙台市若林区にある祖母の家は、仙台湾から五キロほどの距離にある。歩いていけるほど近くはないけれど、晴れた日は二階のベランダから海が見えるところが気に入っていた。

　仙台への引っ越しについて、大きな問題はふたつ。

　ひとつは、お世話になった職場を急に辞めることだった。

　店長にだけは症状を説明し、有給休暇を消化しないから早めに辞めさせてほしいと頭を下げながら、こんなふうに不義理をする自分が情けなくて涙が出た。

　綾夏の肩に手を置いて、店長は『今までありがとう。有休はきちんと消化してもらうよ。今月末で辞めることにして、明日からもう休んで大丈夫』と言ってくれた。

　ほんとうに、大好きな職場だった。

　そして、もうひとつは家族だ。

　姉は、綾夏の状況を知っているから反対しない。しかし、祖父母も両親もきょうだいたちも、突然の引っ越しを心配していた。

病気については、まだ話せていない。

いずれ話さなければいけないとわかっている。だけど、それはもう少し先にしたかった。

綾夏が自分自身を受け入れられるまで、どうしてもまだ時間がかかる。これまで二十数年、実家を出て暮らしたことがなかったのに、東京を離れて見知らぬ街に住む。

その決断が、家族を悲しませるとわかっていても、今はそれしかできそうにない。

しかし、家族もみんな、綾夏を快く見送ってくれた。

自分の勝手を、誰もが許してくれたことを忘れたくない。

――だけど、忘れてしまうかもしれない。

東京で準備をしていた間は、気を抜くとついうつむきがちになってしまった。

これは、すべて綾夏が決めたことだ。

脳がどう、記憶がどう、ということで、被害者ぶるつもりはない。

姉と店長以外には、何も知らせなかった。誰にも同情されたくなかったし、誰にも憐れまれたくなかった。あるいは、元気だった自分を覚えていてもらいたいという理由もあったと思う。

――わたしは、忘れてしまうかもしれない。だから、せめて好きな人たちには楽しかった、幸せだったわたしを覚えていてもらいたい。

いずれバレることだとはわかっている。

少なくとも家族には、隠し通せるとは思っていない。

けれど、もう少し気持ちの整理がつくまではひとりでいようと決めて、仙台へと旅立った。

母方の祖母が亡くなって三年が経つ。この家は、ずっと空き家になっていた。

最初にしたことは、当然掃除である。

築五十二年、二階建て４ＤＫの家は外から見るより室内が荒れていた。

古い砂壁はボロボロ剥がれ落ち、和室の畳は日焼けしてパサパサ、ふすまは虫食いで、黄ばんだ古いレースカーテンはパリパリになっている。

キッチンだけは、祖母が亡くなる直前にシステムキッチンの入れ替えをしていたため、ほぼ新品だ。

トイレとお風呂は、かなり丁寧に掃除をしないと使うのが辛（つら）い状態だった。

最初の三日、綾夏はビジネスホテルに宿泊し、昼の間だけ祖母の家に通った。

三日でできることは限られているが、なんとか最低限使う場所の掃除だけはできた。

家に残っていた家具で使えるものは手入れをし、使えないものは粗大ゴミの収集を手配する。

棚にしまわれていた食器は、どれも洗えば問題なく使えそうだった。逆に、寝具はすべて処分して新しいものを手配した。

この家に暮らす最初の二日は、板の間に古い毛布を敷いて眠ったため、体中が痛かった。

一応、ライフラインである電気ガス水道は使える状態だったが、数年放置していたので業者を呼んで点検をお願いした。ありがたいことに、どれも問題はなかった。

トイレとバスルームはリフォームをすることに決めたものの、地元の業者は忙しく、六月までは今の設備を使うしかない。

ある程度、生活の基盤ができあがると、綾夏は庭の草むしりを始めた。

祖母の生前は、ここに家庭菜園があったと思う。今は、どこもかしこも生い茂った下草で、かつての様相はない。

「あー、草むしりしんどい！」

長時間、しゃがんで作業をするので腰や膝が痛くなった。

日焼け止めと帽子と軍手を完備しても、肌は真っ赤に焼けてしまう。

それでも、綾夏は手間のかかる庭を愛しく感じた。

ここに今、自分が生きている証（あかし）がある。毎日、草を刈って少しずつ整っていく庭が、日記のように思えた。

――日記、そうだ。日記を書こう。

アプリにするか、ノートを買うか。

綾夏は、迷うことなくノートを購入した。毎日、その日のことを記録するのは、きっと記憶障害で困ったときに役立つ。

アプリの場合、スマホの中身を見ないと確認できないが、ノートは目立つ場所に置いておけばいい。もし、日記を書いていたことを忘れてしまったとしても、すぐに気づくだろう。

庭にはプレハブの物置があり、中には古い雪かきスコップや農具がしまわれていた。

ネットで検索して農具の使い方を学ぶと、土を耕して家庭菜園にチャレンジだ。祖母ほど立派な野菜は作れないにしても、自分の食べるものを自分で育てるのは興味がある。

家が古いせいで、インターネットを引くのは最初から諦めていた。スマホの電波があればどうにかなる。

引っ越して一週間が過ぎたころ、近隣を散歩していて自転車屋を発見した。

スーパーやドラッグストア、ホームセンターなど、家から歩いて片道二十分はかかる。

「すみません！　自転車ください！」

店を見つけたのとほぼ同時に、綾夏は自転車を購入することを決めた。

ネット通販で購入できるのは知っていたけれど、近所のお店で買ったらパンクしたときも相談しやすい。

「このまんま、乗って帰んの？」

「はい。すぐ乗りたいです」

「したら、防犯登録だけしておがねばね。今日、身分証みだいの持ってきてる？」

「あります。あ、免許証でいいですか？」

大学のころに、車に乗ることはないだろうと思いながらも就活対策として取得しておいた運転免許が役に立つ。もともと、綾夏の免許証は身分証と同義だ。完全なるペーパードライバーである。

出費は痛かったけれど、真新しい自転車はこの土地で手に入れた相棒のような存在だ。

それからというもの、綾夏は毎日自転車に乗って周辺を探索してまわった。買い物も便利になって、いろいろ必要なものをそろえた。

ホームセンターの野菜の種のコーナーでは、真剣に悩んだ。

初心者にも簡単に作れる野菜を選んだほうがいいとわかっているけれど、今から植えるなら夏野菜ははずしたくない。支柱の必要なものをどうするか。ものによっては、種ではなく苗で買うべきか。

悩んでいた綾夏に、店員が声をかけてくれた。

「最初は、種より苗よりまず培養土ですね」

「土、ですか！」

庭には土がもともとあるのに、培養土を購入しようとは考え至らなかった。

店員おすすめの初心者向け家庭菜園の本と培養土と、育てるのに手間の少ないニラ、シソ、パセリ、支柱つきのミニトマトのプランターセットを購入した。

会計を済ませると、レジのスタッフが「配送しますか？」と尋ねてくる。聞けば、午前中の買い物は当日午後に無料配送してくれるというではないか。なんてすばらしいサービスだろう。

「ぜひお願いします！」

ここで暮らし始めてから、自分の声に張りが感じられるようになった。いつも語尾まで元気に大きな声で発音するのが、自然になっている。

綾夏の知らない土地は、綾夏を知らない人たちの住む土地だとあらためて感じた。自分を知らない人たちの中にいると、自らアピールしていかなければいけない。だから、東京で暮らしていたときよりも声が大きくなる。

土地が広く、空が高いのも理由だろうか。

わからないけれど、今の自分を好きになれる。一歩ずつ、こうして新しい毎日を紡いでいくことが、自分の基盤を作ることだと思えた。


五月は、最低限の生活ができる環境を整えて、家庭菜園作りに夢中になっているうちに時間が過ぎていった。

先に家の中を整えるべきだったかもしれないが、五月までに植えるのを推奨されている野菜が多かったので仕方がない。

六月に入ってから、綾夏はやっとセルフリノベーションに踏み切った。

ネットでセルフリノベをしている動画を毎日チェックし、必要な道具をホームセンターとネット通販でそろえるところからスタートだ。

四部屋のうち、いちばん狭い和室から手をつける。

砂壁を塗り直すには、含浸シーラーを塗ってから。好きな動画配信者が、そう言っていた。

まず砂壁のホコリを丁寧に払い、壁と柱の間の開いてしまった隙間をコーキング材で埋める。

それからやっと含浸シーラーの下塗りだ。

シーラーは缶を開けたらよくかき混ぜる。それから物置に余っていた古びた四角いバットに使う分のシーラーを移し、ローラーで丁寧に砂壁に下塗りしていく。

狭い四畳半といえども、壁全面にシーラーを塗るのは時間がかかった。準備したローラーが、幅の狭いものだったのもある。

動画では、含浸シーラーを塗ってから十二時間程度乾かすと言っていたが、ちゃんと乾いているか不安で丸一日放置した。

ついに本番。そう、水性ペンキを塗るのが砂壁リフォームの本番なのだ。

ミルク色のやわらかな白いペンキを下げ缶に適量取り出し、五パーセントの水で薄めてよくかき混ぜる。最初は小さい刷毛で細かい部分を塗っていく。コンセントの周りや、木枠の縁だ。

その後、残った広い面を幅広のローラーで塗りつぶしていく。

水性ペンキは二度塗りをするのが基本なので、ムラができても気にしない。

ペンキを塗り終わって、部屋の中心に立ってぐるりと眺めると、脳内に『ペンキ塗りたて』の張り紙が浮かぶ。どうせこの家には綾夏しかいないのだから、注意書きは必要ない。

作業に没入している間は、何も考えなくていい。

いつも頭のどこかで不安が渦を巻いていたけれど、ひたすら壁を塗り直す間、綾夏は完全に無心だった。

——忘れたくないと思いながら、一時的に無心になるのは心地いいだなんて、矛盾しているかな。

自分の考えに、小さく笑う。

そこからまた一日置いて、二度目のペンキだ。今度は、ムラができないように全体のバランスを見ながら重ね塗りをしていく。

一度目よりもかなり時間はかかったが、塗り終わった壁を前にすると達成感に満たされた。

完全に乾ききってしまうとマスキングした部分が剥がしにくくなるので、あとは様子を見て養生を剥がす作業だ。

ここまで、開始から六日かかった。

いちばん狭い部屋でこれだと、全室の壁を塗り直すのにけっこうな時間が必要になる。

それがいい。考えるよりも、手を動かすのが気持ちよかった。

今、綾夏は仕事をしていない。仕事を探しているわけでもなく、無職を堪能している。

だが、何もしないというのはなかなかに難しい。

実家暮らしで貯金もそれなりにしてきたから、しばらく何もしなくても暮らしに困ることはないと、しっかり自分に言い聞かせて休んでいる。

長雨の三日間は、ほとんど外に出ることなく家にこもって過ごした。

三日目に庭に出ると、野菜がぐんぐん育っているのに感動して目を瞠る。

「すごい……。こんなに大きくなっているなんてびっくりした」

青々と葉を伸ばし、小さな実をつけているものもある。

――生きているんだ。

その生命力を、直接浴びられる距離に自分がいる。

寂しくないと言ったら嘘になるけれど、心にふたをして生きるのだって決して嘘の人生というわけではない。

ここで、生きていくんだ。

明日からトイレとお風呂のリフォーム業者が入る。

日記が日に日に増えるのを読み返して、積み重なっていく日常に安堵しながら目を閉じた。

「元気にしてるかな」

真っ暗な部屋にひとりになって、やっとあの人のことを考える。

昼間はギリギリまで自分を忙しくさせることで、思考するリソースを自ら奪うようにしてきた。

考えないからといって、忘れるわけではない。

考えないようにしていたって、好きな気持ちがなくなるわけではない。

たとえこの先、二度と会えないとしても。

ずっとずっと、あの人を好きなまま生きていけたらいいのに、と願う。

ふたりで行った場所、話したこと、彼の魅力的だった部分、彼がだんだん優しく変わっていったことも、最後にひどく傷つけてしまっただろうことも。

——優高さん、元気でいてね。

彼が今日もいい一日を終えていますように。

幸せで充実した生活を過ごしていますように。

明日、目を覚ましたときも、彼を覚えていられますように——。

§　§　§

仙台で暮らすようになってからも、一カ月に一度、東京に戻って新東医科大学附属病院の脳神経外科へ行く。診察と検査を受けて、薬を処方してもらうのだ。

六月中旬、上京した綾夏は初めて収穫した二十日大根と水菜を持ったままで病院へ向かった。

診察室に入ると、桐生が「わあ」と楽しげな声をあげる。

透明なビニール袋に野菜を入れていたため、彼はそれに気づいたらしい。

「本上さん、買い物してきたんですか？」

「いえ、自分で育てた野菜です。実家にお土産に持ってきて」

「えっ、自分で？　本上さんが？」

診察前のリラックストークにしては、桐生のほうがかなり前のめりだ。

「仙台で暮らして、だいぶ表情が明るくなりましたね。野菜作りも、きっと効果的なんだろうな」

「それはあるかもしれません」

「……それはそうとして、おいしそうだな。新鮮な野菜ですね」

ビニール袋を見つめる桐生に、どうすべきか逡巡する。

いりますか、と尋ねて失礼にならないだろうか。かといって、何もなくスルーするのもどうだろうか。

「先生もいりますか？」

一応尋ねてみると、彼はパッと顔を輝かせる。

「いいんですか？　嬉しいなぁ。僕、以前は田舎の病院にいたことがあって、地元の農家のおばあちゃんからトマトやジャガイモをもらって料理していたんですよ」

「どちらにお住まいだったんですか？」

「ネブラスカ州です」

「ネ……？」

国内の地名を言われると思っていたので、一瞬言葉に詰まった。

──ネブラスカ州って、アメリカ、だよね？

「日本じゃないんですね」

「はい、日本じゃないです。二年前までアメリカの病院で働いて、向こうの大学院に通っていたんですよ」

「先生って、何歳なんですか？」

「三十四歳です。好きな野菜はトマトです」

「それはアピールですよね」

「そうです」

「じゃあ、トマトがおいしくできたら持ってきます」

「ありがとう、楽しみにしています！　──ということで、最近の体調はどうですか？」

診察と検査で、半日がつぶれる。

仙台から東京は新幹線で一時間半。朝早く出てきたはずが、検査結果を待っている間にお昼を過ぎて、受付の看護師に告げてから院内にあるコンビニエンスストアへ向かった。

病院には食堂もあるのだが、たまにはコンビニのものが食べたくなったのだ。レジ横のホットスナックコーナーからフライドチキンとハッシュドポテトを購入し、病院の中庭へ移動する。

さすがに待合室で食べるには、油のにおいが強すぎると思った。体調の悪い人の中には、香りに敏感になっているケースもあるだろう。誰かに迷惑をかけず、こっそりおいしいものを食べたい。

日差しを避けて、大きく枝を広げた木の下にあるベンチに腰を下ろす。

ずっと待合室や検査室で過ごしていたから、外の空気が気持ちよかった。

久々のファストフードに舌鼓を打っていると、姉からメッセージが届く。

『病院ついたよ。綾夏、待合室にいる?』

診察の結果を一緒に確認するため、わざわざ千冬は休みをとって綾夏の病院に来てくれたのだ。

長く時間がかかることはわかっていたから、この時間に来てくれるよう頼んでいた。

『今、中庭にいるよ。お腹減ってコンビニで買い物した』

『そっちに向かうね』

油で汚れた手を、ウェットティッシュで軽く拭う。

――ほんとうは、お腹が減っていたからだけじゃない。このままひとりで、検査結果を聞くのが怖かった。

姉が来てくれたことで、心の重荷が半分になる。

前回の検査から、一カ月。

毎日、日記を書いている。自分が大事なことを忘れていないかどうか確認したくて、たまっていく日記を読むのに長い時間を使ってしまう。

今のところ、仙台に引っ越してから日記に書いてある内容に、覚えのないものはなかった。

安堵と同時に、それより以前の記憶がどうなのか気がかりだ。

脳梗塞を予防するための薬は服用しているが、記憶がなくなるのを直接的に止める薬はないと説明を受けている。

――わたしは、自分が何かを忘れたことも忘れてしまうんだ。

「綾夏、もう食べないの？」

食べかけのチキンを手にして、空をぼんやり見上げている綾夏に姉が尋ねてくる。

「んー、お腹いっぱいになっちゃった。そろそろ待合室に戻ろうかな。もう呼ばれてるかもしれないし」

「え、看護師に言ってこなかったの？」

「言ってきたよ。そうしないと、お姉ちゃんに怒られるのわかってるからね」

「怒られるからするんじゃないの。看護師は、患者が行方をくらますと大変なんだから！」

「あはは、いつもご苦労さまです」

「ほんとだよ、もう」

お互いに、踏んでも大丈夫そうな部分を探りながらの会話だ。

姉は実際よりも大げさにぷりぷりしてみせて、綾夏もわざとそれを引き出している。深刻な話題にならないよう、会話の中心にある問題をあえて避けてくれる姉への感謝ははかり知れない。

家族に相談したいだろうに、内緒にしていてくれる千冬の優しさが今はただありがたかった。

待合室に戻ると、受付の看護師に戻ったことを伝える。ベンチに腰を下ろして、十分ほど姉と小声で話していると診察室から呼び出しがあった。

「あ、本上さんのお姉さんもいらしてくれたんですね。ご家族の協力は僕たちもとても助かります。ありがとうございます」

桐生は、千冬と一緒に戻ってきた綾夏を見て、にっこり笑顔になる。

「こちらこそ。いつも妹がお世話になっております」

「今日は、野菜もおねだりしちゃったんですよ。お世話になってるのは、僕のほうかもしれませんね」

弾むような話し方の桐生に、姉が口元に手を当てて笑った。

「さて、それでは今日の検査の結果ですが、結論からいうと今回は大きな変化もなく、病状は安定していると言えます。薬が合っていたみたいですね。ある程度、進行を止めることに成功していると言っていいと思いますよ」

安堵の息を吐いた綾夏だったが、やはりことはそう簡単ではない。

この一カ月で急激な悪化はなかった。それは嬉しいことだけれど、かならずしもこのままでいられる保証はない、と桐生は言葉を選んで説明してくれた。

また、診察と検査によって、やはり忘却してしまった情報もあると判明している。

「ただね、記憶って人間は誰でも忘れていくものなんです。時間の経過とともに忘れてしまう。だから、あまり悩みすぎないでください。ストレスは、決して状況をよくしませんから」

「はい」

誰でも忘れてしまう、というのは事実だ。

けれど、今、大好きな人を忘れてしまうかもしれないリスクは、健康な人に起こることではない。

——いつか、わたしは優高さんを忘れてしまうのかもしれない。一緒に出かけた花火も、水族館も、カピバラも、全部忘れてしまう可能性があるんだ。

忘れたくない。忘れたいはずがない。

「あの、桐生先生」

千冬が、タイミングを待っていた様子で口を開いた。

「薬で進行を止めるのはわかっているんですが、根本的な解決案は検討しないんでしょうか。つまり、手術ということになるんですけど……」

脳幹にほど近い場所に血腫ができているため、手術は非常に難易度の高いものになる。

その話はすでに説明されていたが、姉はどうしても根治を諦めきれないらしい。綾夏だって、そうなればいいとは思うけれど、前回説明されてからまだそれほど時間も経っていない。この短い期間で、劇的に医療が進化したとは考えにくかった。

「そうですよね。現状維持では、リスクがあると考えるのも当然です。外科的な方法については、検討はしています。今はとにかく、容態を悪化させず、安定した状態を維持するところから。今後も、どういう治療ができるか考えていきます」

優しく諭すような桐生の口調に、逆にやわらかい絶望を覚える。

どう言ったところで、今、ここに方法は存在しない。それが事実だった。

「よろしくお願いします」

頭を下げる姉の声も、かすかに震えている。

かつて、綾夏は未来が明るいものだと心から信じていた。

努力すれば道は拓ける、がんばったら改善できる何かがある。そう思えたのは、自分が平和で幸福で健康だったからだと、今ならわかる。

真新しい白いワンピースに黒いシミができて、一生懸命拭き取ってもどんどん広がっていく。

気づけば両手も濡れていた。

黒いシミだと思ったものは、赤黒い血だ。

拭き取ることなんてできはしない。

最初の一滴は、空から落ちてきたと思っていたけれど。

——これは、わたしからあふれる血の色なのだから。

脳の中で、自分ではコントロールできない何かが起こっている。

けれどそれすらも自分なのだと、綾夏は無意識に感じていた。

あの日。

彼を助けたことだけは、絶対に後悔しない。

もし、その事実を忘れてしまったとしても、彼を好きなこの気持ちすら忘れてしまったとしても、そう思った心だけは消えることはないのだから。

——あの人が幸せでいてくれたら、やっぱり未来は明るいものだって信じられる。

「先生、よろしくお願いします」

姉にならって、綾夏も頭を下げる。

わたしが最期まで、あの人の幸福を願っていられるように。

どうぞよろしくお願いします。

口に出すことのないその言葉が、やわらかな絶望の中に小さな光をともした。

§　§　§

六月後半になり、例年より十日ほど遅れて梅雨入りが発表された。沖縄では、すでに梅雨明けが宣言されている。

連日の雨は、ほんのりと感傷をうながした。彼との距離が縮んだあの季節を、今はひとりで生きている。

だけど、忙しくしていれば寂しさには気づかないふりができる。

体を動かせ、考える時間をなくせ。

自分にそう言い聞かせて、綾夏は家のセルフリノベーションに力をいれていた。へとへとになるまで一日中動いていると、夜もよく眠れる。夢もあまり見ない。

七月に入ったとある朝、目を覚ました綾夏は妙な焦燥感に自分の右手をじっと見つめた。

ベッドの中にいても、屋根を叩く雨音が聞こえる。

——わたしの手。わたしの指。わたしの……。

いつか、誰かと手をつなぐ約束をした。そんな気がする。

「誰、と……?」

天井に向かって手を伸ばした。

その先には、誰もいない。

綾夏の記憶の中でも、そこには誰もいなかった。

『じゃあ、観覧車に乗るときはわたしが手をつないで励ましてあげるね』

まだ夢の中にいるように、記憶がぼんやりとかすんでいる。

優しい雨音の中で、綾夏はもう一度目を閉じた。


「よし、今日もがんばろう！」

広いキッチンと続き間になった十二畳の洋間を前に、綾夏は半袖のシャツ姿で気合いを入れる。

先週注文しておいたフロアタイルが、朝一番に届いたのだ。

キッチンと十二畳の間には、古い障子がある。とはいえ、木枠は無事だが障子紙は黄ばんでいて、ところどころ穴があいていた。

今回は、障子の木枠を大胆に黒く塗り替えて、新しい和紙ではなく塩化ビニール板を貼ってガラス戸風にするリメイクと、床の古いシートを剥がして新しいフロアタイルを敷く作業に取り掛かるつもりだ。

キッチンの床も、せっかくなので同じタイルにして統一感を出したい。

フロアタイルは、サイズを測って二間分準備した。これで、キッチンと十二畳を一気にリノベーションできる。

祖母が使っていたダイニングテーブルは、だいぶ傷んでいたので粗大ゴミに出した。この部屋をリノベしたら、先に届いている組み立て式のダイニングテーブルを置いて、ダイニングルームとして使う予定だ。

まずは古いシートを剥がすかどうか。上にフロアタイルを敷いてもいいのだが、剥がれている部分は処置をしないと表面がボコボコになってしまう。

いろいろな動画やサイトを調べた結果、思い切って剥がしてしまうのも手ではあるのだが、今回は古いシートの剥がれた部分をパテで埋めてある程度滑らかにし、一気にフロアタイルを敷き詰める方法を選んだ。

最初にやるべきことは、掃除である。

たいていの作業において、ホコリを払ってから塗ったり貼ったりすることできれいな仕上がりを目指す。

昭和感のある重くて古い掃除機とフロアワイパーを手に、綾夏は室内をすみずみまで磨き上げていく。午前中いっぱいを使って、部屋の半分ほどにフロアタイルを敷き詰めた。

模様や色味を考えながら配置していくのは、少しだけジグソーパズルに似ている。

残り半分は昼食後にして、キッチンに立つ。

何もかもが古いこの家で、唯一新しいシステムキッチン。これがあるおかげで、料理には不便がない。

今日のお昼は、サラダうどんにしようと昨夜日記に書いた。

庭で育てたリーフレタスが、そろそろ収穫の時期を迎えている。

買い替えた冷蔵庫を覗いて、レシピを脳内で組み上げていく。

うどん一玉と、庭で作ったリーフレタスとミニトマト、さらし玉ねぎ、湯通しした豚肉、さらに温玉と刻み海苔をふって、自家製の玉ねぎドレッシングをかけた。仕上げは、ほんの二滴のラー油だ。これがあると、ぐんと味が締まる。

「いただきまーす」

今日も野菜たっぷりのメニューに、満足感はじゅうぶんだ。

――問題は、キッチンで立ち食いなところかなあ。

以前のダイニングテーブルを処分してから、食事は床でピクニックスタイル、もしくはキッチンで立ち食いのどちらかになった。

「フロアタイルが終わったら、障子をリメイクして、そのあとにダイニングテーブル。

テーブルを組み立てたら、一気に環境が変わるだろうなあ」

何しろ、椅子に座ってゆったり食事ができるようになる。

今から完成が楽しみだ。


夕方になって、雨脚が強まってきた。

フロアタイルを敷いて、障子のリメイクが終わり、無事、キッチンと十二畳の続き間はちょっとしたダイニングキッチンの雰囲気になっている。

しかし、まだ段ボールに入ったままの組み立て式ダイニングテーブルは未着手だ。

さすがに朝から一日働いて、今日はもう限界だった。

綾夏は敷き終えたばかりのフロアタイルにぺたりと座り込み、ノンアルコールビールと冷奴、近所の人からもらった佃煮で簡単な夕食を摂る。

「あ、この佃煮おいしい。明日はお米炊いて、佃煮をおかずに食べよう」

ひとり言が、天井に吸い込まれていく。

穏やかな毎日には、小さな発見がたくさんあった。

遠目に見れば昨日と今日にたいした差はない。

だけど、近づけば近づくほどに昨日と今日はまったくの別物だった。

なんてことのない、綾夏の新しい日常。

――食事がおいしくて、ぐっすり眠れる。うん、いい毎日だと思う。

これが生きているということ。

東京での暮らしと違うのは、誰かの時計で動くことがなくなったことだろう。

電車に乗って出勤する必要がないし、交代でお昼を食べる時間を考えなくていい。

作業の切れ目は自分で決めて、お腹が減ったら食事をする。

原始的ともいえる人間らしい生活は、毎晩寝る前の日記を書くときだけ、ほのかな孤独を感じた。

今日一日のできごとと、明日の予定ないし作業目標を書き連ねる。

ひとりぼっちだと自覚しそうになったら、すぐにベッドに入って目を閉じればいい。

好きな人が幸せであることを願って、綾夏は眠りにつく。

――こんなに幸せなのに、こんなに充実しているのに。

それでも、心のどこかに穴が空いている。

一生懸命ふくらませた風船は、大きくなるほど穴の存在を意識させられてしまうのだ。

心に空いた穴は、外から空気が入ってくるのではなく、綾夏の内側にある空気が抜けていくものだった。

一日かけてふくらませた充実感という風船が、眠るときにはほのかにしぼむ。だけど、翌日もまたせっせと心の栄養で風船をふくらませ、夜には心の空気が抜けていく。

――考えない。わたしはちゃんと生きてる。ちゃんと、自分のための毎日を過ごしてるでしょ。

照明を消した室内は、雨音ばかりが鼓膜を震わせる。

「大丈夫、わたしは、大丈夫」

声に出して確認した瞬間、唐突に大きな寂しさが綾夏を襲った。

大丈夫？

ねえ、どこが大丈夫なの？

東京を離れて、家族と離れて、職場を離れて、大好きな人と離れて。

――わたしは、ひとりぼっちだ。

心の隙間に気づかないでいられるよう、ひたすらリノベーションにばかり精を出している。これが、ほんとうに充実なのだろうか。

自分の気持ちに気づかないように、体に鞭を打ってぼろぼろになるまで疲れて眠る。

これのどこが大丈夫だと、言えるのか。

「……っ、だい、じょうぶ……」

自分を励ますはずの声は、とうに涙で濡れていた。

ほんとうは、寂しくてたまらない。

あの人の幸せを願うたび、隣にいられないもどかしさに胸が焼ききれてしまいそうになる。

「嫌だよ、優高さん。忘れたくないよ……」

一度自覚してしまった感情は、堰き止めることができない。

頬を涙がこぼれていき、心を押し殺すように枕に顔を埋めた。

雨音にまざる嗚咽が、体の内側をぐるぐると回っている。

――大丈夫だよ。こんなの、朝になったら忘れられるから。

――大丈夫なんかじゃない。どうして大好きな人と離れていなきゃいけないの。どうして、どうして……。

彼を傷つけたくないから、ひとりになる道を選んだはずだった。

いや、優高のためだなんて思うのは欺瞞だ。

傷ついた彼を見たくない。つまり、これはすべて綾夏の自分勝手な行動である。

「ああ、あ、あ、嫌だ、忘れるのなんて嫌だよ……！」

こぼれた心は、涙と一緒に枕に吸い込まれていく。

何ひとつ忘れたくない。

だけど、こんな夜のことだけは忘れられたらいいのに。

――大丈夫、まだわたしは優高さんのことを覚えていられる。

きつく爪を食い込ませた枕には、ほんとうは幾度もこうして嗚咽を染み込ませてきた。

太陽が空に輝いている間は、忘れたふりをする。

忘れたくないと言いながら、都合の悪い自分だけを忘れたふりで隠しきって、綾夏はひとりきりの人生を生きようとしているのだ。

矛盾をかかえて、自分をだまして。

それがいかに愚かしいことかは、わかっている。

助けてと言ったら、あの人はきっとどこまでだって来てくれるだろう。

綾夏が彼を忘れていく隣に、寄り添ってくれるだろう。

――それでどうするの？　優高さんを傷つけて、いったい何を得られるの？

自分が楽になるために、彼にそばにいてもらうなんてまっぴらだ。

あの人の幸せを願うと決めたのは、誰？　自分で決めたことを、簡単にひっくり返すつもり？

「嫌だよ、優高さん、怖いよ……。ひとりは怖い、寂しい、だけど……」

だけど、夜がどんなに苦しくても、朝になったらもう一度魔法をかけよう。

そして、あの人の幸せを願う。

たったひとつ、それだけが綾夏の支えなのだ。この気持ちを失ったら、きっと自分を保てなくなる。

「大丈夫、だいじょう、ぶ……」

綾夏は泣きながら眠りに落ちていく。

嗚咽が聞こえなくなるのと、雨がやむのはほぼ同時だった。

§　§　§

綾夏が姿を消した後、優高はひどく荒んだ日々を過ごした。

仕事の大半を社員に任せ、自宅マンションで浴びるほど酒を飲んだ。どれほど飲んでも、悲しみは癒えない。

社長として、いち社会人として、あまりに情けないのはわかっていた。けれど、わかっているのに生産的なことは何もできない。

ただ、彼女のいなくなってしまった世界を拒絶するばかりの日々だった。

彼女が自分の世界のすべてだった。

秘書の倉木が心配してマンションまでやってきたが、ドアを開けはしなかった。

もし。

綾夏が、倉木には新しいアカウントを教えていたら。

彼に詰め寄って、知っていることはないかと詰問したくなる。

だが、そんなことをしても無駄なのだ。

綾夏が自分で望んで、優高の前から消えた。

それだけが、優高にわかる現実だった。

「……ハ、愚行だな」

荒れた部屋の中、姿見に映る自分はひどくみじめな顔をしている。この姿を写真に撮って、彼女に送ることができたなら。

——俺を憐れんで、戻ってきてはくれないだろうか。

自分がこんなにも脆くて弱くて愚かだったなんて、優高は今まで知らなかった。

おそらく、ほんとうに大切な誰かと出会うことなく生きてきたから、気づきさえ得られなかったのだ。

たったひとり、心から愛する存在が失われただけで、こうも堕落する自分に辟易(へきえき)する。

けれど、そうだろうか。

綾夏を失ったから、自分の中に潜んでいた情けない自分に会えた。

「だとすると、やっぱり俺に世界を教えてくれるのは彼女だけだ」

声に出して、いっそう惨めになる。

しかし、どうしても彼女に会いたくてたまらない。

今の姿を見せたら、なんてもう思わなかった。

彼女に隣にいてもらうためには、こんな自分では駄目だと知っている。

バスルームを掃除して、湯をためて、入浴を済ませて、ヒゲを剃(そ)る。湯上がりに、アプリから美容室の予約を入れた。

スマホで秘書の倉木に連絡を取り、明日から出社すると告げる。

ウィスキーのボトルを片付けて、ロボット掃除機を走らせると、それだけで部屋の中はずいぶんマシになった。

どうしてこんなにも彼女だけが特別なのだろう。

そんなことは、この数週間どれだけ考えても答えが出なかった。

恋は究極の依怙贔屓だ。

そして、そこには明確な理由があるわけではない。好きなところを挙げるのは簡単なのに、彼女を好きな理由は説明ができないと知っている。

ただ、彼女が彼女であるだけで優高にとっては特別なのである。

——まずは彼女の姉に連絡をして、なんとか綾夏と会わせてもらおう。

自宅を知っているからといって、突然訪れるのではストーカーと変わらない。

綾夏を怯えさせる方法は、絶対に選んではいけないと自分に言い聞かせる。

目的が明瞭になると、やるべきことはおのずと浮き彫りになった。

出社し、仕事をこなし、酒を断ち、生活を整え、人間らしい暮らしをする。

それから——。

「綾夏に会いに行く」

§　§　§

春は桜とともに立ち去り、暦を無視して初夏の陽光が降り注ぐ。

優高が自分を立て直している間に、五月は一瞬で蒸発してしまった。

気づけば、六月。

失った信用はまだ半分も取り戻せないが、なんとか元通りの生活を送れるようになり、優高は本上千冬に電話をかける。

綾夏と違って着信拒否はしていないようだが、千冬は電話に出てくれない。

念のため、綾夏にも電話をかけてみた。

最後に確認したときは通話中の音が聞こえていたのに、今は無情にもこの電話番号が現在使われていないとアナウンスが流れる。

彼女は、痕跡を消そうとしているのか。それはなぜだ。

綾夏の残像をつかもうとして、何度も優高の手は空を切る。それでも諦められない。

彼女を愛している。

こんな一方的な感情を愛と呼ぶのはおこがましいかもしれない。

けれど、ほかに呼び方を知らないのだ。

どんな名前をつけたら、この気持ちを正しく表現できるのだろう。

誰にもつながらない電話を、毎日一度鳴らし続けた。千冬は、看護師だと聞いている。調べれば職場もわかるかもしれないが、そんな手は使わない。

――綾夏につながる道を、正しい手順で進む。そして、彼女にもう一度会う。

会って、そのあとは。

仕事の昼休みに、優高は今日も綾夏の姉に電話をかけた。

六コール目が、右耳に響く。

今日もまた、出てもらえないのかもしれない。

そう思ったときだった。

『……はい、もしもし』

唐突に、知っている声が耳元で聞こえた。

「っ、本上千冬さんでしょうか。私は一ノ瀬優高と申します」

上ずった声で名乗ると、相手が小さく息を吐くのがわかる。迷惑しているのは明白だ。

「本上さん、聞こえますか」

『ええ、聞こえます。綾夏とおつきあいしていらした一ノ瀬さんですよね』

「そうです。何度も電話をして、申し訳ありません」

『どういったご用件でしょう。綾夏とは、もう別れたと聞いています』

「俺は承服していません。ですが、綾夏さんとは連絡が取れず、彼女のことが心配でたまらないんです。どうか、一度会って話をさせていただけませんか？」

ストーカーじみたことはすまいと、ずっと自分に言い聞かせてきた。

だが、どうだろう。

今の自分の発言は、完全にストーカーの言い分でしかない。

まったく愚かしくて、どうにもみっともない足掻き方だ。それでも、彼女に会いたい。

『綾夏は、もううちにはいません』

「……それは、どういう意味ですか」

『そのままの意味です。なので、自宅にいらっしゃるようなことはしないでください』

「ええ、許可なくそのようなことはしません。ただ、教えてください。彼女はどこにいるんですか？」

『勝手に家に来ないのなら、綾夏の現住所だって知らなくて問題ないですよね』

拒絶される想定はしていた。

どうして別れることになったのか。結婚が嫌なら、書類一枚なんてどうでもいい。

ただ綾夏と一緒にいたい。

彼女の隣にいたい。

だが、それを告げてどうなる？

千冬はいっそう警戒し、もう二度と電話に出てくれないかもしれない。

——こらえるんだ。冷静になって、せめて彼女の姉と会う算段を……。

きつく噛んだ唇から、血がひとすじ流れた。

優高はそれを左手で拭い、ゆっくりと口を開く。

「では、千冬さんにお会いしたいのですがいかがでしょう」

『わたしに？　どうして？』

「彼女の置いていった荷物をわたしたいんです。私に持っていろというのも、処分しろというのも、酷な話なのはおわかりいただけますよね」

綾夏は何も荷物を残してなんていない。

残されたのは、彼女への飽くなき愛情だけだ。

『……それは……』

「どうか、一度会ってください。別にあなたを拘束したり監禁したり、そんな真似はしませんよ。私の立ち場はあなたもご存じでしょう。警察沙汰なんて、まっぴらですから」

数秒の沈黙に、焦りがこみ上げる。

今は待つだけだ。彼女の選択を。

綾夏の姉である千冬なら、優高の言葉に耳を傾けてくれる可能性がある。

それを信じるほかに、できることはなかった。

『わかりました。今日でしたら、休みですので出られます。夕食の当番がありますから、十六時までには帰らせてください』

「はい。では、場所は——」

約束を取りつけて、通話を終える。

細く儚い透明な糸が、綾夏と自分をつないでいる気がした。

この糸を、絶対に切るわけにはいかない。

優高は、デスクの引き出しからとあるものを取り出した。

§　§　§

千冬を呼び出したのも、またカフェアジェロだった。

ほかに店を知らないわけではないのだが、わかりやすい場所にあるから待ち合わせには使い勝手がいい。最初に綾夏とこの店で待ち合わせをしたのも、同じ理由だ。

——綾夏は、渋谷で働いているのにあまり地理に詳しくなかった。そういえば、方向音痴気味だったな。

ふたりで遊園地に行ったときのことを思い出す。

彼女がお手洗いに行くというので、一緒に近くまで行こうかと提案した。けれど、綾夏はものすごい勢いで顔の前で手を横に振った。

『ないない、絶対ありえない。トイレまでついてこられるのは、無理でーす！』

照れ隠しなのはわかっていたが、必死すぎる拒絶がかわいかったのを覚えている。

問題は、そのあとだ。

ベンチに座ってアイスコーヒーを飲みながら、優高は二十分、黙って彼女を待っていた。

しかしどれだけ待っても、戻ってこない。

もし腹痛やその他の事情で時間がかかっているのだとしたら、メッセージを送ったら急かしてしまう。恥をかかせるのは、優高だって望まない。

だから、こちらから連絡するのは控えていたのだが——。

電話がかかってきて、即座に通話をスライドした。

そのあと、何が見えるかを確認し、通話しながら遊園地内を彼女を探して走り回った。

『ごめんね、実は迷っちゃって戻れないの。わたし、どこにいるんだろう?』

『綾夏、今どこ?』

無事に会えたときにはお互いに汗だくで、顔を見合わせて大笑いした。

綾夏は、方向音痴なのを認めた上で、『優高さんにも、ひとつくらい苦手なものはないの?』とこちらを覗き込んできた。

『あるよ。まず、高いところが苦手だ』

『さっき、ジェットコースターに乗ったのに?』

『速度があれば、あまり気にならない。観覧車や展望台みたいな、ゆっくり下を見下ろす時間のある高いところかな』

『じゃあ、観覧車に乗るときはわたしが手をつないで励ましてあげるね』

『乗らなくていいよ、とは言ってくれないんだ?』

『一緒に乗る機会もあるかもしれないでしょ』

だけど、彼女はその日、観覧車に乗りたいと言わなかった。

——乗ればよかった。そうしたら、俺の弱くて脆くてかっこわるいところを見て、彼女はそばにいなきゃいけないと思ってくれたかもしれない。

　身も蓋もないけれど、綾夏がそばにいてくれるなら同情だってかまわなかった。

「一ノ瀬さん」

　名前を呼ばれて、我に返る。

　顔を上げると、本上千冬がこわばった表情で立っていた。

「本上さん、すみません。来てくださってありがとうございます」

　立ち上がった優高は、深く頭を下げる。

　これが、糸だ。

　この糸が切れたら、次はどんな方法が残されているか。考えたくない。

「それで、綾夏の忘れていった荷物って……」

「せっかくここまで出向いていただいたのに、すぐお帰りいただくのも申し訳ないです。何か、飲み物でも注文しませんか？　今日は暑いですから、水分補給は大事ですよ」

　彼女は少し迷った目をしていたが、覚悟を決めた様子で優高の正面の椅子に腰を下ろした。

　メニューを手に取りもせず、千冬が店員を呼ぶ。

「アイスティーをひとつ、お願いします」

綾夏も、よくアイスティーを飲んでいた。姉妹は、嗜好も似るのかもしれない。

きょうだいを知らない優高には、彼女たちのつながりが好ましく思えた。

黙って飲み物を待つ千冬に、ポケットから手のひらにおさまるほどの小さなケースを差し出した。

「……なんですか、これ」

「これが、綾夏さんの忘れ物です」

薄いグレーのジュエリーケースは、見るからに中身を想像できる代物だ。

彼女にプロポーズをしたあとに、注文した婚約指輪だった。

「これを、綾夏が……？」

千冬に見えるよう、彼女のほうに向けてジュエリーケースを開ける。

中には、ふたり分の指輪が並んでいた。

本来、婚約指輪は女性の分だけでいいものだ。けれど、綾夏が「優高さんにもつけてほしい。ふたりで同じがいいな」と言ったから——。

「プロポーズをして、結婚しようとふたりで話していました」

「ええ、聞いています」

「彼女から、別れる理由を私はきちんと聞いていません。本上さんはご存じですか?」

「……一ノ瀬さん」

アイスティーのグラスを横によけて、千冬がテーブルの上の手をきつく握りしめる。

その様子から、彼女は何かを知っていると察した。

「綾夏を想ってくださるなら、そっとしてもらえませんか?」

「それは、無理です」

「だってあの子は、あなたと会いたくないと言ってるんです。よほどの理由があると、おわかりですよね」

当然、そうだろうとは思っている。

ただし、よほどの理由がどんなものであれ、優高は彼女のそばにいたい。

もし何か苦しんでいるのなら、何をしてでも助けたい。

「理由があるのなら、彼女の口から聞きたいんです。彼女は——綾夏さんは、私にとって人生を変えてくれた人です。これまでの時間をなかったことになんてできません。俺は、忘れるなんてどうしてもできないんです……!」

冷静であろうと、自分を制御してきた。そのつもりだった。

けれど、感情が優高を突き動かす。

忘れたくない。忘れられない。

時間が癒やしてくれるだなんて、そんな薬は求めていない。

ほしいのは、彼女だけだ。たったひとり、綾夏だけ。

「忘れる、なんて……」

千冬が、ぽつりとひとりごとのように優高の言葉を繰り返した。

彼女の目は、濡れているように見える。

「……一ノ瀬さん、何があってもあの子を責めないと約束してくれますか？」

「ええ、当然です。綾夏さんを責める気持ちは、まったくありません」

「だったら――」

事情は説明できない、と前置きした上で千冬は綾夏の住所を教えてくれた。

なぜ、東京を離れてそんなところに。

そう思いはしたが、すぐさま新幹線の予約をする。

「教えてくださってありがとうございます。綾夏さんを責めたりしません。彼女にただ、もう一度会いたいんです。会って、話をしたい。それだけなんです」

「わかりました。この指輪は――わたしが持ち帰るわけにはいきません。一ノ瀬さんのほうでお持ちください」

「そうですね。私が持ち帰ります」

持っているのも捨てるのもできないと言って千冬を呼び出したが、ここは素直にジュエリーケースを引き上げる。

来てもらっておいてなんだが、もういっそこのまま東京駅へ行きたいほどだ。

そんな優高の気配を感じ取ったのか、千冬は早々に帰っていった。


今すぐに、彼女に会いたい。


ほんとうに、それしかなかった。感情のすべてが、綾夏に向かって走り出している。

優高は秘書に連絡を入れて、しばらく出社できない旨を伝えた。

「迷惑をかけて申し訳ない。だが、リモートでも仕事は対応する。倉木が協力してくれるおかげだ」

『社長、また自堕落な生活にお戻りでは――』

「違うよ、倉木。俺は、俺の幸せを取り戻しにいくんだ」

『は？　あの、何をおっしゃっているのかわかりませんが』

「わからなくてもいい。仕事は向こうでも対応する。悪いが、いつ帰れるかまだわからないんだ。しばらく対応を頼む」

『社長！』

大きな声で呼ばれて、一瞬耳がキーンとした。

「……なんだ？」

文句ならあとで聞く。そう言いたいが、つい先日までひどい態度をとっていたのも自分だ。

秘書の言い分に耳を傾けるべきときかもしれない。

『ご事情はわかりませんが、健闘を祈ります』

「ああ、ありがとう」

倉木は、とてもいい秘書だ。

優高がひどい扱いをしていた時期も、仕事すら捨ててしまいそうになっていた時期も、立ち直った顔をしてまた仕事を放棄しようとしている今も、こうして優高に寄り添ってくれる。

――綾夏が倉木を評価していたのももっともだな。彼女は、人を見る目がある。

それは、彼女が人間を信じているから。

いや、そうではない。

彼女はそもそも、相手を疑わないのだ。

信じるというのは、傲慢なことかもしれない。

あなたを信じる、だなんて滑稽でしかない発言だ。

なぜなら、信じると口に出す時点で、それ以前には信じていなかった証明になってしまう。

——俺は、綾夏を疑わない。きみがきみの言葉で話してくれるのなら、それをすべて受け入れる。だから、もう一度。もう一度だけ、きみに会いたいよ。

七月六日の夜、優高は荷物をまとめて東京駅の二十二番ホームから新幹線に乗った。

§　§　§

どこかから、鳥の声が聞こえる。

昨晩泣いたせいで、かすかな頭痛とともに目を覚ました綾夏は、カーテンの隙間から差し込む陽光に今日は晴れていることを知る。

「んん……、今日はダイニングテーブルを組みたてなくちゃ……」

まだ半分寝ぼけた頭で、寝返りを打った。
——その前に、まずは水やり！　鳥が鳴いているから、晴れだ。
階段を降りて階下でジョウロに水を注ぐ。
縁側から外に出ると、朝日を浴びて鮮やかに茂る植物たちにたっぷりと水をやった。
すぐにジョウロがカラになり、綾夏は玄関側の水道を使おうと移動する。
いつもと同じ、当たり前の一日の始まり。
そのはずだった。
けれど、そこには——。
「……どう、して……？」
玄関ポーチに、燦々と陽光が降り注ぐ。
その中に、彼が座っていた。
「おはよう、綾夏」
疲れをにじませながらも、優高は優しく微笑んだ。
忘れたりしない。
真顔のときは冷たい印象なのに、笑うとたんに泣きそうに目尻が下がる彼の表情を。

忘れたりしない。

人を信じられないと言いながら、綾夏を信じたいと言ってくれたあの声を。

忘れることなんて、できない。

なのに、忘れてしまう。忘れたくないと願っても、忘れられないと思っても、脳は綾夏の気持ちなど関係なく、記憶を圧迫していくのに。

まだ、鳥の声は聞こえていた。あるいは、これは現実ではなく頭の中で聞こえているのではないだろうか。

「綾夏？」

彼が立ち上がるのを見ながら、綾夏は呆然と立ち尽くしていた。

七月七日。

ああそうだ。今日は、七夕だ。

そんなどうでもいいことを思い出して、我に返る。

——駄目だよ。こんなの、絶対に駄目なのに。

「綾夏！」

綾夏は、目の前の現実に追いつけないまま、今降りてきたばかりの階段を二階へ駆け上がる。

寝室に飛び込むと、日記のページを乱暴にめくる。

まさか、自分でも忘れているだけで彼と約束をしたのだろうか。

だとしたら、どこに書いてある？

思い出せないことを、彼に知られるわけにはいかない。

——約束なんてしてない。だって、わたしはもう優高さんと連絡を取る方法がないんだから。

そのとき、スマホにメッセージが届いた。差出人は姉の千冬だ。

『綾夏、おはよう。言うか迷ったんだけど、一ノ瀬さんから連絡があって、綾夏の忘れ物を渡したいと言われたので会ってきました。あの人は、本気で綾夏のことを思ってる。このまま、無視していていいのかな。わたしは、だんだんわからなくなってきてしまいました』

——どういうこと……？

『勝手で申し訳ないけど、綾夏の住所を教えました。場所以外は、何も言ってない。だけどね、綾夏、本気で好きになった人なんだよね？　だったら、綾夏がちゃんと話さなきゃ駄目だよ。終わりにするのも、一方的に切り捨てないで。お互いに納得してお別れしないとね』

優高がここに来たのは、姉から住所を聞いたから。

自分が何かを忘れていたわけではない。

——お姉ちゃんの言うこともわかる。だけど……。

会ったら、気持ちが揺らいでしまう。彼と一緒にいたいと思ってしまう。

だから、彼が追いかけてこられないようにしていたのだ。

スマホを置こうとしたところを、大きな手が握りしめた。

「ゆ……」

優高さん、と。

声に出そうとしただけで、涙がこぼれる。

「勝手に家に上がってごめん。それから、きみに何か事情があって俺から離れたとわかっているのに、追いかけてきてごめん」

——優高さん、優高さん、優高さん。

うしろから抱きしめられて、心臓が壊れそうなほどに激しく高鳴る。

息ができないほど、心が締めつけられる。

彼の腕は、かすかに震えていた。

いや、わからない。震えているのは、自分のほうかもしれない。

「綾夏、声を聞かせてよ」

「……ダメだよ。もう別れたのに、こんなこと」

彼の腕に、そっと指先で触れた。

汗ばんだワイシャツが、優高らしくない。

いつだって涼しい顔をして、しわひとつないスーツ姿の彼ばかりを見てきた。

彼の体を押し返そうとして、さらに強く抱きしめられてしまう。

「優高さん」

非難を込めて呼んだ名前だった。

それなのに、耳元で彼が笑う。

「久しぶりに、綾夏に名前を呼んでもらえて嬉しいよ」

——どうして……？

勝手に別れを決めて、姿を消した。

次に顔を合わせる機会があったとしたら、恨み言のひとつも言われる覚悟は最初からできている。

なのに、どうして。

彼は、つきあっていたときと同じように優しく綾夏を抱きしめるのだろう。

「わたしたち、もう別れたのに」

「俺は別れてない。だけど、そうだな。嫌がってるきみを抱きしめるのは、いけないことだとわかってる。なのに、この腕を離せなくてごめん」

あの雨の日から、二カ月以上が過ぎている。

ほんとうはずっと、声を聞きたかった。

こうして抱きしめられると、心の奥に閉じ込めたはずの愛情が一気に噴出してしまいそうになる。

「いつからいたの？」

「……昨晩、終電で仙台に来た。ホテルに泊まったんだけど、居ても立ってもいられなくて、六時前にタクシーで来たんだ」

「そんな早くから、うちの前にいたってこと？」

だから、彼は玄関ポーチで朝まで待っていたというのだろうか。

朝とはいえ、この時期に長く外にいるだなんて――。

「待って、虫刺されは？」

「けっこうひどい」

「もう！」

綾夏は泣き笑いで彼を見上げる。

優高の目にもまた、涙がにじんでいた。

――わたしの大好きな笑顔で、まだ笑ってくれるんだね。

彼を拒絶するなんて、ほんとうはできないことを知っていた。


雨とは違う連続的な水音が、古い家のキッチンまで聞こえてくる。

梅雨の晴れ間の朝。

キッチンの窓を開けて、換気扇を回して、綾夏はこの家で初めて自分のためではない食事を準備していた。

今は何も考えず、ただ手を動かす。

そう決めたはずなのに、ラディッシュをスライスしていてつい彼のことを考えてしまう。

今日食べるため、昨日作っておいた冷たいカボチャのポタージュを冷蔵庫から出して、ガラスの器に盛り付けた。

手作りの鶏ハムを厚めに切って、冷凍しておいた雑穀食パンを二枚、オーブンで軽く焼いてから片面にシュレッドチーズを載せて追加で二分の加熱をして。

「いい匂い。もしかして、俺のために作ってくれた？」

バスルームから出てきた優高が、ラフなTシャツとハーフパンツ姿で手元を覗き込んでくる。

「だって、昨晩から何も食べてないんでしょう？」

「綾夏に会えると思ったら、何も喉を通らなかった。だから、昨日の朝が最後の食事かな」

丸二十四時間、食事をしないだなんて、熱中症にでもなったらどうするつもりだろう。

「虫刺されの薬、あるよ。食事のあとにする？」

「先に、と言いたいところだけど」

結論を語ったのは口ではなく、空腹を告げるきゅるるるる、という音だった。

「今、デザートの桃を切るから、先に食べていいよ」

「綾夏は？」

「桃、切ってから」

そう言ったところで、テーブルがないことを思い出した。

さすがに、キッチンでの立ち食いを勧めるのは心苦しい。

綾夏は急いで隣の部屋からクッションをふたつ持ってくると、フロアタイルを張ったばかりの部屋に置いた。

「ごめん、まだテーブルを組み立ててないの。ピクニックスタイルでもいい？」

尋ねた綾夏に、彼が一瞬、目を丸くしてから笑い出した。

「ピクニックスタイルか。綾夏らしい言い方だな」

「普通だよ」

「床で食べて、じゃなくて、ポジティブな言い回しでいいと思うよ」

別に普通のことだと、綾夏は思う。

だけど、昔から友人や姉は綾夏をナチュラルボーンポジティブと言っていた。

自分にとっての普通が、相手にとっても同じかどうかはわからない。

料理を部屋の床に並べて、結局桃は切らないまま、くだものナイフと一緒に脇に置く。

「作ってくれてありがとう。いただきます」

「……いただきます」

庭で作ったラディッシュと水菜と鶏ハムのサラダ、冷たいカボチャのポタージュ、簡単オムレツとチーズトースト。

ひとりなら、こんなにたくさん作らない。

優高に食べてもらいたくて、少し見栄を張ってしまった。

「この野菜、みずみずしいな。仙台は、野菜がおいしい」

「仙台だからっていうか、たぶん採りたてだからじゃないかな」

「採りたて？」

「庭で、野菜を育ててるの。ラディッシュと水菜は、うちで作ったんだよ」

「綾夏が？　野菜を？」

「……そんなに驚くことかなぁ」

「驚くよ。俺の知ってる綾夏は、家族のために食事は作っていたけど、野菜まで育ててなかったぞ」

あのころは仕事があったから、庭は祖父に任せきりだった。

そもそも、綾夏はあまり庭作業が好きなほうではなかったと思う。

ひとりで暮らして、食費を切り詰めたい気持ちもあった。だが、それよりも何かしていないと余計なことを考えそうで、庭を活用したまでだ。

「それに、日焼けしたね。色白なのもいいけど、前より健康的に見える」

「筋肉もついたよ。自転車で移動するし、力仕事もするから」

「ますます魅力的になったってことか」

「……優高さんは、饒舌になったんじゃない？」

「好きな子に朝食を作ってもらったら、饒舌にもなる」

最初はぎこちなかった会話が、だんだんと自然になっていく。

彼と離れていた時間より、恋人だった時間のほうが長いのだから当然だろうか。

「桃、剥くね」

急いでいたせいで、結局桃を剥いていなかったのを思い出す。

チーズトーストとオムレツを半分残して、綾夏はくだものナイフを手に取った。

気を抜いたら、泣き出してしまいそうだ。

――どうしよう。優高さんが、ここにいる。

その事実が嬉しくて、彼と過ごせる時間が幸せすぎて、胸がいっぱいだった。

もらいものの桃は、よく熟れていてつるりときれいに剥けた。実にナイフを入れると、果汁が皿にこぼれるほどだ。

「あのさ、綾夏」

「なあに？」

「もし、別れたい理由が遠距離だったなら、俺も仙台に引っ越す」

「理由はそれ……だけじゃないから。それに、引っ越したら会社はどうするの？」

「リモートでどうにかなる。感染症の流行で外出禁止の時期だっていけたしな」

「あれは、ほかの企業も業務を縮小していたからだって優高さん、前に言ってたじゃない。リモートだけじゃ、今は仕事が回らないでしょ」

「だったら、売却すればいい」

迷いなく、彼は言う。

会社より綾夏のほうが大切だと思ってくれる気持ちが、彼の言葉のはしばしから伝わってきていた。

「そんな簡単なことじゃないでしょう？　わたしは、好きでここにいるの。それに、さっきも言ったでしょ。遠距離だけが理由じゃないから」

切り終えた桃の皿を彼の前に差し出す。

窓から差し込む朝日を浴びて、果実はきらきらと光って見えた。

「だったら、理由を教えてくれ。俺に足掻くチャンスを与えてほしい」

しかし、彼の目に桃が映っていないのは火を見るより明らかで。

「桃、食べて。おいしそうだよ」

優高は、黙ってこちらを見つめていた。

答えを待っている。

なぜ、ふたりが別れたのか、その理由を知りたいと、強い意志を込めた瞳から逃げたのは綾夏のほうだった。

「優高さんは、何も悪くないの。わたしは、あなたを困らせたくない」

「きみがそばにいてくれないのが、いちばんこたえる」

「……桃、を」

もう一度、さらに桃を彼のほうに押しやる。

「頼むよ。理由を、聞かせてほしい」

その手を彼が、優しく握った。

触れた肌のぬくもりから、感覚が一気によみがえってくる。

彼と初めてブックカフェで会った日。

ひとつの傘をふたりで使った日。

イタリアンレストランでつきあうことになった日。

彼の車で水族館に出かけた日、一緒に花火を見た日、遊園地で迷った綾夏を捜しにきてくれた日——。

「……できないよ」

心があふれそうになって、綾夏はかろうじて自分を押し止める。

彼の手をほどくのは、心を切り裂かれるようにつらかった。

だけど、そうすると決めたのだ。

記憶障害を抱えている事実を、決して優高に知らせない。

それを知れば、彼は綾夏を治療するために奔走するだろう。

――そうしたら、あの日の事故が原因だと知ってしまう。それだけは、したくない。

「きみが無事で幸せでいてくれるなら、それだけでいい」

優高の口から聞こえてきたのは、綾夏がいつも願っているのと同じ意味の言葉だ。

ハッと顔を上げた綾夏に、彼は「と、言えたらよかった」と付け足す。

「どういう、意味？」

彼の真意をはかりかねて、綾夏は二度まばたきをする。

「好きな人の幸せを願えないのは、俺が狭量な人間だからだろう。だけど、無理なんだ。きみがほかの誰かと笑い合っている姿を想像するだけで、心をかきむしりたくなる」

「優高さん、そんな人は……」

いない、と答えるのを遮るように彼が言葉を続けた。

「だったら、せめて一週間、ここにいさせてくれないか？」

優高は綾夏に別れの理由を問うたが、綾夏もまた彼の滞在理由がわからない。

そんなことをして、お互いにつらくなるだけではないだろうか。

どうあっても、もう二度と彼と恋人に戻る気はない。

それを、彼はまだ認めていないのだ。

「どうして？　一週間あったら、わたしを籠絡できるって意味なら無駄だよ」

「そうじゃない。俺にも、心の準備をさせてほしい」

「……」

別れることを受け入れる。

彼は、そう言っているのだ。

自分で望んだ結論なのに、優高が納得しようとしているとわかって今さら心が痛い。

——わたしは、勝手だ。一方的に別れを告げて、彼の答えを待たずに姿を消した。

そして、優高さんが別れるための心の準備をしたいと言うのを聞いて、傷ついているだなんて。

「きみと、さよならをするための時間を、最後の思い出を、もらえないかな」

何か言ったら、きっと泣いてしまう。

泣いたら、別れたくないと思っているのが知られてしまう。

だから、綾夏は何も言えずに立ち上がって、食器をシンクに運ぶしかできなかった。

「綾夏」

追いすがる声に、背を向ける。

――お姉ちゃん、どうして優高さんにここの住所を教えたの？　わたしの気持ちをわかってくれたんじゃなかったの？

姉が悪いわけではない。それどころか、千冬は綾夏のために手を貸してくれている。

食器を運び終えると、綾夏は隣の部屋に行って虫刺されの薬を持ってきた。

帰って、と言うべきだ。

そばにいたら、彼を好きな気持ちを隠しきれる自信はない。

――だけど、優高さんにだって心の準備をする権利はある。わたしたちは、ふたりで決めて恋人になった。だったら、終わりもふたりで決めるべきだった。

恋の始まりは、双方の同意が必要だ。

だけど、終わりはそうではない。

一方の気持ちが冷めてしまったら、恋人で居続けることはできない。綾夏はそう思って生きてきたけれど――。

「五日、だけ」

虫刺されの薬を差し出すと、彼は静かにうなずいた。

「じゅうぶんだよ。ありがとう」

薬をわたすときに、かすかに指先が触れる。

ああ、まただ。綾夏は思った。

触れてはいけない。彼のぬくもりで、心が一気に幸せだった時間を思い出してしまうから。

「実は、最初から着替えも持ってきていたんだけどね」

優高がいたずらな表情で肩をすくめて見せる。

「あ、そういえばそうだね。着替え、どうしたんだろうって思ってた」

「準備万全だよ、俺は」

「ホテルはどうしたの？」

「朝、チェックアウトしてきた」

ほんとうに、いつだって彼は完璧だ。計画を立てて、準備をする。

そんな彼のハーフパンツから覗く脚に、いくつも虫刺されの赤い痕。居ても立ってもいられなくて、と言ったのは真実なのだと伝わってきた。

「虫刺され、かゆそうだね」

それは、いつかのキスマークにも似ている。

「綾夏」

「うん？」

視線を上げると、優高は今まで見たどんな表情よりも優しく微笑んでいた。

「誕生日、おめでとう」

七月七日。

綾夏は、二十五歳になった。

もし彼との再会が神さまのくれたプレゼントなのだとしたら、綾夏にとってもこれからの五日間は心の準備をする時間なのかもしれない。

ほんとうの意味で、優高と別れるための――。

§　§　§

「これ、もとは障子ってこと？」

キッチンとの間にあるリメイクした引き戸をまじまじと眺めて、優高が「すごいな」と感心する。

「リノベ動画を見て真似しただけだよ。最初に思いついた人がすごいの」

「いや、見たまま実践できるのはじゅうぶんすごいだろ。このアクリル板みたいなの、いいな」

「それ、アクリルじゃなくて塩化ビニール板。ほんとうはアクリルのほうが透明度も高いんだけど、お値段もね」

セルフリノベーションを選んだ理由は、業者に頼むより価格を安くあげられるからだ。

今は貯金を切り崩している生活で、できるかぎり出費は抑えたい。

「すりガラスみたいでいいよ。ほかにもやることがあるなら、俺に手伝わせてくれないか？」

「優高さんが？」

「ああ。たまには手を動かす作業もしたくなった」

都心の高級マンションで暮らす彼には、セルフリノベなんて無縁ではないだろうか。

会社の社長であり、ラグジュアリーな生活に慣れているとばかり思っていたが、綾夏のほうが間違っていた。

――そうだ。優高さんは……。

十歳まで、母親とふたりで暮らしていたと彼は言っていた。忘れてはいない。

「俺の母親は、生活の創意工夫みたいなものが好きな人だったんだよ」

「そう、なの？」

「煮出して使うだしってあるだろ？　あれを自分で百円均一のお茶のパックに詰めて、使い終わったら佃煮にしたり、ふりかけにしたりしてたな」

「え、おいしそう。最近、こっちに来てからね、佃煮をいただくことがあっておいしいなって思ってたの。そっか、だしがらを佃煮にするの、よさそう」

真剣に考え始めた綾夏を見て、彼が目を細める。

「もしかしたら、綾夏が食事当番だからって言って俺の誘いを断った日に、俺は落ちたのかもしれない」

「脈絡がわからないんだけど……」

「ほんとうは、あのとき、きみが既婚者なのかもって一瞬思ったんだ」

ふと、脳裏をかすめるものがあった。

たしかにあのとき、優高は不自然に何かを言いかけてやめた。

『うちはそこそこに大家族ですよ。わたしの上に病院に来た姉がいて、下に弟が三人、妹がひとりいます。六人きょうだいで、父方の祖父母も一緒に暮らしているから、十人家族なんです』

『十人……』

『驚かれるかと思ったら、ほっとしてます？』

『それはきみが、けっ……』

——あれ、「けっ」って結婚って言いかけたってこと？

「だけど、違った。話すほどに俺にはない視点を持っているのがわかって、どんどん綾夏に惹かれていった。食事をおごるのは古いなんて言われたときには、びっくりしたけどな」

「わたし、そんなこと言った？」

「言ったね。店の選び方も、高級ならいいと思うなと、ガツンと言われた」

たしかに綾夏の考えに反していないのだが、優高にそう言った記憶はない。

ただ、時間が過ぎてしまったから思い出せないのか。

あるいは、その記憶が失われてしまったのか。

「……そう、だったかも」

記憶がないのを気づかれたくなくて、綾夏は曖昧な返事をする。

「きみは、俺の気づきだよ。まあ、突然引っ越して古民家でリノベをしてるというのも、綾夏らしい気はする」

そういえば、と思い出して、綾夏は水をたっぷり入れたジョウロを手に庭に出る。まだ水やりの途中だったのだ。

優高もあとを追いかけてきた。

「重いだろ。水やりなら、俺がするよ」

「普段からひとりでやってるから大丈夫」

「俺がしたいんだって」

綾夏の手からジョウロを奪うと、彼は楽しそうに野菜に水やりを始めた。

梅雨の晴れ間、優高の手元から虹が生まれる。

それを縁側から眺めて、綾夏は心のシャッターを何度も切る。

「優高さん、どうやって姉を説得したの？」

「誠心誠意、頼み込んだ」

「言いくるめた？」

「なんだ、それ。俺の情熱が伝わったと言ってほしいんだが」

「だって、お姉ちゃんには優高さんに絶対引っ越し先を伝えないでって言ってあったのに」

「おい、俺がストーカーみたいな言い方じゃないか」

「気質はなくもない、かな」

「こらー、言葉の暴力が痛いぞ」

「あはは、冗談だけどね」

そのあとは、ふたりでダイニングテーブルの組み立てをした。

彼が中心になって作業をしてくれて、ほんとうに助かったと綾夏は痛感した。

注文するとき、ネットのオーダーページには「女性ひとりでも組み立て簡単！」という文言が躍っていた。

実際にひとりでやろうとして、ガラス天板の重さに放置していたのである。

白い椅子を四脚おさめたダイニングテーブルは、白いガラス天板が美しい。

テーブルがあると、それだけで部屋の雰囲気がグッと変わってくる。

「優高さん、ありがとう」

「どういたしまして。俺ってけっこう役立つだろ？」

「けっこうじゃなく、とっても助かってるよ」

「はは、そんなあらためて言われると照れるな」

「お礼になるかわからないんだけど、急冷式のアイスコーヒーなんてどう？」

「ありがたい。ぜひ飲みたいよ」

「じゃあ、準備するね」

キッチンに立つ綾夏は、ブックカフェ仕込みのコーヒーの準備を始める。

とはいえ、店ではさすがに急冷式アイスコーヒーは出せない。

おいしいのは間違いないけれど、コスパが追いつかないのだ。

だから、コーヒーの淹れ方は nuevo 流だが、急冷式についてはネットで学んだやり方だった。

氷たっぷりのアイスコーヒーとストロー、それにチョコレートをひとつ。

ダイニングテーブルを最初に使うのは優高だ。

「はい、どうぞ」

「ありがとう」

自分の分も運んでくると、彼は口をつけずに待っていた。

「飲んでてよかったのに」

「一緒のほうがいい」

照れ隠しなのか無愛想にそう言って、彼はストローをグラスに差す。

あまり気負わなくていいのかもしれない。

彼の自然な態度から、綾夏も考えをあらためた。

さよならの準備なんて考えず、一緒にいられる時間を大切にしたい。

——それでいい、よね？

「お礼を言うのはわたしのほうだよ。ひとりだったら組み立てるのに時間がかかったと思う。この天板、思った以上に重かったし。だから、優高さんがいてくれて、助かったの。ありがとう」

「役に立てたならよかった。今のうちに、力仕事があれば頼んでよ」

「あとは、なんだろう。うーん、屋根の修繕、とか？」

本気で言ったわけではなかった。

セルフリフォーム、セルフリノベーションの動画やサイトでも、屋根の修繕は素人がやるのは危ないというアドバイスをよく見かけたからだ。

けれど、優高は綾夏の言葉に表情をこわばらせた。

「屋根……か……」

「うそうそ、冗談。屋根は素人がやっちゃ駄目なんだって」

——もしかして、優高さんって高いところが苦手なのかな？　だとしたら、ちょっとかわいい。

なんでもこなす彼にも、苦手なものがひとつくらいあってほしい。

そういうところも魅力的だ。

「はー、俺が高いところ苦手って知っていてそれ言うんだよな？　そういうことだな？」

「え、知らないよ、そんなの」

「前に話した。ジェットコースターはいけるけど、観覧車とか展望デッキは駄目だって」

――前に、話した？

だとしたら、それは失われている。

思い出せないとか、なんとなく忘れたとか、そういう感じではないのが自分でもわかるのだ。

完全に、頭のどこにもそんな記憶は存在しない。

どくん、と大きく心臓が鼓動を打った。

忘れていることに気づいたとき、以前もパニック発作に似た症状が起こっている。

――今は、駄目。優高さんには……。

つとめて平静を装って、綾夏は小さく深呼吸をした。

「あはは、そういえばそうだったね。高いところが苦手でも、ぜんぜんいいと思う。あ、でも会社は？　社長室ってけっこう階数が上のほうにあるイメージ」

「それは、なるべく外を見ないようにしてる。——ああ、そうか。つまり、屋根の上も同じじゃないか？　目を閉じていれば下は見えないからな！」

「目を閉じて修繕なんて、ますます危ないってば」

笑い合うふたりの姿は、何も知らない人からすれば仲睦まじい恋人同士そのものだった。

綾夏が、必死で笑っていることに気づかないでくれればの話だ。

ひとりでいると、自分が何を忘れてしまったのかさえ気づけない。

だが、こうして優高と話していることで、彼との過去の思い出が失われていると自覚する。

——やっぱり、わたしは優高さんのことも忘れていってるんだ。知らないうちに、思い出は消えていく。

それが悲しくて。

だけど、彼といるからこそ新しい思い出が増えるのが嬉しくて。

そして新しい思い出もいつか消えてしまうのかもしれないと思うと、涙がにじんでくる。

「あー、もう。優高さんがおかしいせいで、笑いすぎて涙出た」

「そんなに笑うことじゃないだろ」

幸せは、喉元までこみ上げていた。

忘れてしまうのなら、いっそのこと彼と別れたことを忘れられたらどれほどいいだろうか。

§　§　§

梅雨のさなかだというのに、優高が現れてから雨が降らない。

まるで彼が夏を連れてきたみたいだと思ったが、雨量が少ないのも問題である。

「綾夏、自転車借りていい？」

三日目の夕方近くなって、お風呂掃除をしていたところに彼が顔を出す。

「いいけど、どこに行くの？」

「ちょっと近隣を散策」

「鍵、玄関に置いてあるから」

「ありがとう。じゃあ、行ってくる」

こういうとき、自転車が一台しかないのが残念だ。二台あったら、ふたりでサイクリングもできたのに。

——でも、たった五日間のためにもう一台自転車を買うのはさすがにね。優高さんが東京に帰ったあと、ひとりで持て余しちゃう。

彼は一時間と経たずに戻ってきた。

海を見に行ったと話す優高に、そういえばまだ自転車で海まで行ったことはなかったと思った。

ひとりになったら、彼のことを思い出しながら行ってみようか。

そんな感傷的なことを考えつつ、今夜は優高が夕食を作ってくれるというのでひそかに楽しみにしている。

もしかしたら、近隣を散策と言いつつ、夕食に必要な何かを買い足していたのかもしれない。

なんでもこなす優高の夕食メニューは、想像していたよりも豪快な焼肉丼だった。わかめスープがついているのが嬉しい。

「これ、大盛りすぎない……？」

「綾夏は食が細い。そんなんじゃ夏を乗り切れないぞ」

「まだ夏本番じゃないもん」

「いいからいいから。はい、いただきまーす」

「いただきます……」

量は多いけれど、濃いめの味つけで箸が進む。

自炊をするイメージはなかったから、作っている最中に使った調理器具をきちんと洗ってくれたことに驚いた。

「優高さんって、自宅でもちゃんと作って食べてるの？」

「いや、ぜんぜん。これは留学中に寮で韓国人の友人が教えてくれたレシピなんだ。作れるのは焼肉定食と焼肉丼の二種類だけ」

「それ、二種類って言うかなぁ」

「ごはんに肉の味がついてるのとついてないのは、けっこう違うだろ」

「うーん」

どうかな、と笑って。

彼のことを、より愛しく思った。

食後、順番に入浴を済ませたあとも優高はダイニングテーブルに座ってノートパソコンで仕事をしている。

ネット回線は引いていないので、彼はスマホのテザリングを使っているようだった。

「優高さん、仕事忙しい？」

仙台に滞在していて、仕事に影響が出ていないか心配になる。

「これは確認しているだけだから、たいして忙しくはない。それより、待ってたんだ」

「待ってた？」

「ああ。せっかくだから夏らしいことをしたいんだ。――綾夏と」

最後のひと言は、優しい笑顔をこちらに向けて。

彼の微笑を前にすると、心が過去に引き戻されてしまいそうになる。

好きで、好きで、どうしようもなく好きで。

――だから、別れるって決めたんだ。簡単に揺らいじゃダメ。

「優高さん、もっと観光や海水浴に行きたい？　だったら……」

言いかけたとき、コンビニのビニール袋から優高が花火セットを取り出した。

「えっ、花火？」

「そう。夏と言えば、花火」

バケツに水を張って、虫よけスプレーをしてから、ふたりは庭に出る。

手持ちの花火なんて何年ぶりになるだろう。

そう思ってから、もしも去年優高としていたのを忘れているのだとしたら——と考えて、綾夏は余計なことは言わないと決める。

忘れている可能性を考えるたび、言葉数が減っていく。

記憶の齟齬に気づかれないようにするのが重要だ。あと二日で、彼はこの家から去っていく。

綾夏の人生から、去っていくのだから。

——この思い出も、いつか消えてしまうかもしれない。

はしゃいで、遊んで、笑って。

ふたりの夏に新しい思い出が増えて、日記のページは積み重なっていくのに、綾夏にはそれを心に確実に刻み込んでおく方法がないのだ。

優高が求める最後の思い出は、綾夏の中に残らないかもしれない。

その現実が、ふたりの距離なのだと感じた。

それでも、彼にはいい思い出だと思ってほしい。そうなれたら、幸せだ。

「……優高さん、楽しかったね」

「まだ終わってない」

「花火じゃなくて、一緒に過ごせてわたしは楽しかった。ありがとう」

「なんだよ。明日もいるからな」

「わかってる」

明後日には、いなくなることも——。

「さて、最後は線香花火だ」

「それは、やめておかない？」

「どうして？」

「だって、線香花火ってロマンチックすぎるよ。ふたりでやったら、泣いちゃうかもしれないでしょ？」

なるべく軽い口調で、だけど本心からの言葉を告げた。

煙が目に染みたなんて言い訳をするよりも、先に今の自分たちでやるものではないと言うほうが正しい気がした。

「それはそうかもしれないな」

彼の言葉にほっとした直後、暗がりの中にポッと小さく丸い火花がともる。

「やめておこうって……」

「ロマンチックすぎるなら、好きな子とやりたいに決まってる」

「もう、そういうの」

「やめない。俺は、綾夏を好きな気持ちを消すためにここにいるんじゃないから」

――だったらどうして、心の準備なんて言ったの？　あれは、終わりにするって、ふたりでちゃんとお別れするって意味じゃないの？

「ほら、綾夏も」

彼はしゃがんだまま、線香花火を差し出してくる。

何も言わずに受け取ると、綾夏も彼の隣にしゃがみこんだ。

先端に火をともす。

パチパチパチパチ、と小さな音を立てて花火が弾けた。

「綾夏の好きなところを挙げるのは簡単なんだ」

「……うん」

小声で語る彼の言葉が、今は泣きたいくらい心に沁みてくる。

「だけど、それは好きな理由じゃない。好きなところはわかるのに、どうしてこんなに好きでたまらないのか、理由なんてわからない」

「きっと、恋ってそういうものなんだね」

「綾夏は？」

「わたし？」

「俺のことを、ちゃんと好きでいてくれたと思ってる。だから、もし好きな理由がわかるなら聞いておきたくて」

「わたしは……」

思い出すのは、いつも無表情にカフェフロアで本を読んでいた彼の姿。

ネイビーブルーのブックカバーをつけた文庫は、結局何を読んでいたのか聞けないままだった。

好きなところは、数え上げたらきりがない。

「きっと、同じだと思う」

「うん」

「好きなところは言えるけど、好きになった理由はわからない。気づいたときには、好きだったから」

最後の火花が、ぽつりと落ちる。

ふたりを照らすのは、夜空の月だけだ。

顔を上げると、薄闇の中で優高がじっとこちらを見つめていた。
その唇がかすかに開く。
何かを言おうとしているのか。それとも、もっと違う理由なのか。
――キス、したい。
恋人ではないふたりには、許されないこと。
だけど、心は彼を求めていた。どうしようもないほどに、キスしたいと思っていた。
そんな綾夏の気持ちを知っているかのように、
「……これ以上は無理だ。我慢できる自信がない」
何を、とは言わず、彼は目を伏せて静かに立ち上がる。
もしかしたら、同じ気持ちだったのだろうか。
そうであってほしい。そうでなければいい。同じ強さで、心がふたつに引き裂かれる。
彼に幸せでいてもらいたいのなら、自分のことなんて忘れてもらうのが一番だ。
なのに、どうしてだろう。
優高が同じ気持ちだったらいいと、身勝手なことを考える自分を消せなくて。
「部屋に入ろう」

差し出された手は、大きい。
この大きな手で、いつだって優高は心まで包みこんでくれていた。
彼の手を取るか迷っていると、彼は少しだけ強引に綾夏の手を握って引っ張り上げる。
「あと、二日。まだ二日ある」
呪文のように、優高の声が耳に残った。
あと二日。
それが、この恋に残された寿命だと知っている。
花火が終わった庭に、虫の声が残された。
綾夏の鼓膜にいつまでも、ふたりで聞いた夜の音が響いていた。
音はやがて、断続的な頭痛へと変化していった。

五日目の朝、一昨日の夜から続く頭痛は痛みでめまいを起こすほどに悪化していた。
今日で最後。
それなのに、体調が悪いと思われたくない。
綾夏は無理をしてベッドから起き上がり、これまでと同じように優高とふたりで朝食の席についた。

「今日、ぜんぜん食べてないな」

彼の帰りを惜しむように、雨が降る。

「優高さんがいるうちにって、リノベもいろいろ手伝ってもらっていたら、ちょっと疲れちゃった」

なるべく心配をかけないよう、綾夏は笑顔を取り繕う。

だが、きっと頭痛がなくても今日は食欲がなかったはずだ。

「なあ、綾夏」

「うん」

「俺はきっと、忘れられない」

テーブルの上で、優高が右手をこちらに向けた。

その指先は、綾夏の手を求めている。

だからこそ彼の手を取るという選択肢はなかった。

「わたしも、忘れないよ」

——嘘。わたしは、忘れてしまうかもしれない。

「そうじゃない。そうじゃなくて、俺たちにはもう未来は——ほんとうにないのか？」

心を絞り出すような、切ない声だった。

こんなにも好きでいてくれた。その事実に、ただ感謝する。

いつか、彼がまた幸せな恋をして、その相手と幸せな家庭を作って、綾夏のことを忘れずとも思い出さない日が来るだろう。

「未来は、誰にも……痛っ……！」

急激に、痛みが強くなった。

「綾夏？」

「あ、たま……割れそう……」

両手で頭を抱えて、綾夏は椅子から崩れ落ちた。

「綾夏ッ！」

立ち上がった優高が、こちらに駆けてくる。

——駄目、お願い、もう少しだけがんばって、わたしの体……！

「綾夏、どうした？　頭が痛い？」

けれど、願いむなしく痛みは脳の深いところを突き刺すようにひどくなっていく。

「綾夏、綾夏ッ！」

体がふわりと抱き上げられる。

綾夏は、激痛の中で目を開けた。

目の前に、泣きそうな顔をした優高がいる。

——そんなに心配しないで、大丈夫。わたしは、大丈夫。

「綾夏——ッ！」

そこで、綾夏の意識はぷつりと途絶えた。

§　§　§

次に目を開けると、ベッドの上だった。

「ここ、は……」

白いリネンと、カーテンで仕切られたスペース。それに消毒液のにおいで、病院だとすぐに気づく。

「綾夏、目が覚めた？　今、看護師に声をかけてくる」

「優高さん、待って」

ベッドサイドの椅子から立ち上がった彼の背中に、すがる思いで呼びかけた。

左腕に点滴の針が刺さっている。

「俺はどこにも行かない。たとえ、綾夏が俺を忘れても」

「え……？」

どうして、それを？

「なあ、綾夏」

彼は振り返ると、静かな目をして綾夏を見つめている。

「優高さん、まさか……」

「悪い。医師から聞いた。きみの——記憶障害のこと」

震える声に、衝撃が走った。

綾夏の病状を知っているのは、桐生が紹介してくれた地元で何かあったときに頼る総合病院の脳外科だ。

カルテは共有され、緊急事態にはここに運んでもらえるよう頼んである。

——知られてしまった。

「だから、俺と別れるって言ったんだな」

「優高さん」

「記憶を失っていくって、怖かっただろ。ひとりでいたのも、そのせいなのか？」

「優高さん……っ」

彼の手を、必死でつかんだ。

知られたくなかった。知られないよう、隠しきれるはずだった。

だが、それすらもう叶(かな)わない。

──どうしよう。どうしたらいいんだろう。

「なあ、全部言ってくれよ」

「わ、たし……」

「今まで、きっと言えなかったんだよな。でも、俺はもう知ってしまったんだ。隠さなくていい。綾夏の気持ちを聞かせてくれ」

──そんなこと、許されるの？

一方的に彼を捨てて、仙台まで逃げてきた。

知られたからといって、今度は自分の不安を彼にぶつけるだなんてあんまりではないか。

「俺は、今も変わらず綾夏が好きだよ。きみの気持ちなら、なんだって受け止める。だから、怖がらないで。俺に全部話してほしい」

心の重荷が、彼の言葉で少しだけ軽くなる。

綾夏はゆっくりと口を開いた。

「あなたを忘れるのが怖かった。だって、わたしはきっと忘れてしまったことすら忘れるんだよ。そうしたら、またあなたをひとりにしちゃう」

「ひとりにはならない。俺は、綾夏と一緒にいるよ」

「それでも、どんなに近くにいたって、わたしの思い出の中から優高さんがいなくなっていくんだよ？　ふたりの思い出が、優高さんだけの記憶になっちゃうの。それで、寂しくないってほんとうに言える？　わたしのせいで、優高さんを……」

「馬鹿だな、きみは」

「どうして……」

「ほんとうに、かわいくて愛しくて、どうしようもないほどお人好しで、放っておけないよ」

優高が、涙目で微笑んだ。

傷つけたくないのに、彼を苦しめているのは自分だ。

「俺は、きみが思うよりずっと丈夫で頑丈だ。だけど、綾夏を失うことだけは耐えられない」

「優高さん……」

「だから、綾夏のそばにいさせてほしい。頼む」

優高が病室の床に膝をつく。

彼は両手で綾夏の右手を握った。

その姿は、神に祈っているようにも見える。

「綾夏が忘れても俺は忘れない。絶対に忘れたりしない。だから――忘れたときには、何度でも俺と恋をしよう」

「できないよ。優高さんをこれ以上寂しくさせたくない」

「俺はもう、綾夏がいなかったらどこにいても誰といてもひとりだ。ずっとひとりでいることが当たり前だった。だけど、綾夏が愛を教えてくれたから、寂しいという感情を知ったんだ。俺を幸せにしてくれるのも寂しくさせるのも、綾夏だけなんだよ」

ほんとうは。

ずっと、そう言ってもらいたかったのかもしれない。

「わたし、は――」

許されたかった。

あなたを好きでいることを。

あなたの人生を、一緒に生きることを。

「だから、お願いだ。俺と一緒に生きて、綾夏」

「……いいの?」

「俺と結婚しよう。前よりもっと、綾夏を愛してる」

この恋の寿命が切れたとしても、その先に愛があることを知ってしまった。

ふたりはもう一度、ここから始める。

たとえ何を失うとしても、この愛を手放すことにくらべたら何も怖くないから――。

第四章　あの夏空の彼方へ、きみと

当初の約束で、彼女と過ごす期限だった七月十一日。

そのあくる朝を仙台の古民家でひとり迎えた優高は、朝日の降り注ぐダイニングでコーヒー豆を挽いていた。

彼女の現状を、なぜ東京を離れたのか、その理由を知らぬまま二度目の別れを迎える予定だった。

納得はしていなかったが、綾夏が心から望むのなら別れを受け入れる。そう決めて過ごした五日間だった。

昨日、彼女は頭痛で倒れて病院に運ばれた。

そこで看護師からふたりの関係を尋ねられ、婚約者だと名乗った。緊急連絡先である彼女の姉に確認をとった医師は、綾夏の病状を語ったのである。

偶然が重なって、手に入れた真実。

綾夏は記憶障害を患っている。

だから、優高と別れると決断したのだ。

――彼女の記憶が失われていくとしても、俺の気持ちは変わらない。ずっとそばにいて、何があっても愛しぬく。

昨日、医師から説明されたことによれば、彼女の記憶障害は血腫による圧迫が原因だという。ならば手術で取り除けばいい話のはずだ。そうしないのは、できないからだと想像に易い。

実際、彼女の血腫は脳幹に近い位置にあるため、手術を成功させる確率が非常に低かった。

医療の進歩は目覚ましい。

二十年前だったら助からなかった病気が、克服されるケースも珍しくなってきている。

成功確率が低いというのなら、海外で活躍する医師を探してほんとうに手術が不可能なのか、意見を聞きたいところだ。

――だが、まずは彼女の東京の主治医と話したい。これまでの診断書を出してもらって、手術できる医師を探さなければ。

現在は投薬によって進行を止めている状態だとはいうが、このまま放っておいて命に別状はないのか、主治医の考えを聞きたかった。

倉木に連絡し、綾夏の主治医である新東医科大学附属病院脳神経外科医の桐生という医師に連絡を取るところから始めよう。

「もしもし、私だ」

『社長、いかがされましたか?』

「急で悪いが、アポを取ってほしい相手がいる」

『クライアントですか?』

「いや、医者だ」

『人間ドックは十月の予定ですが』

「そうじゃない。彼女に関わることだ」

一瞬、倉木が息を呑むのが伝わってきた。

倉木は、綾夏と直接連絡を取っていたはずだ。今もやり取りをしているとは思いたくないが、彼女が姿を消した理由に、医学的な何かが関連していることは今の会話だけで察しただろう。

『どの分野の医師を探しましょう』

「ああ、新東医科大学附属病院の脳神経外科にいる桐生洋平という医師と話したい。彼が、今の綾夏の主治医だそうだ。それから別途、脳幹、主にノーマンズランドと呼ばれる部分の手術に優れた医師を調べてほしい。国内外は問わない。必要とあらば、俺が彼女を海外に連れていく」

『かしこまりました。新東医科大学脳神経外科の桐生洋平医師ですね。こちらはすぐにでも医局に連絡をしてみます』

「伝手はあるんだな？」

『ご安心ください』

正直、いかに優秀な秘書の倉木といえども、業務とまったく関係ない大学の医局に伝手があるかどうかは賭けだった。いざとなれば、彼ならばどうにかしてくれるという勝手な信頼は篤い。

『伝手はありませんが、作りますので』

「そうか。任せた。早ければ早いほど助かる」

『今、本上さんはどちらにいらっしゃるんですか？』

「宮城県だ」

俺も、と言いかけて、言わなくても倉木には伝わると気づく。

『連絡が取れた場合、日時は』

「いつでもいい。いつでも、こちらが合わせる」

『かしこまりました。それでは、即座に取りかかります。──社長』

「なんだ？」

最後の呼びかけは、長年の相棒だからこそわかる倉木の心情が込められていた。

『本上さんは、社長にとってなくてはならない方だと、私も常々感じています。私にできることがありましたら、いつでもご連絡ください』

「……ああ。ありがとう」

電話を終えてから一時間強で、倉木からメッセージが届いた。

本日十三時ごろに、桐生医師とリモート通話の手配ができたという。さすがは倉木だ。

──活路はどこかにある。そう信じるしかない。

手術が不可能だとか、手術をして改善の可能性がないだとか、そういう状況にいないことはすでにわかっている。

足りないのは成功例と技術。それならば彼女の病状を確認し、手術ができる医師を探せばいい。

彼女は昨日から一泊で検査入院をしている。十五時に病院まで迎えに行く予定だ。

綾夏に会うまでに、できることをしよう。

優高は倉木が送ってくれた医療関連の資料を熟読してから、リモート通話に臨んだ。

ノートパソコンで、倉木から届いたURLに接続する。

開け放した掃き出し窓の外から聞こえてくるセミの声が、汗を誘発している錯覚に陥る。

着替えたばかりのシャツの背中が、じわりと濡れていくのを感じた。

ポーン、と電子音が鳴って、通話画面に手術着の男性が映る。少し長い前髪の、穏やかそうな表情をした人物だ。彼が桐生洋平だろうか。

「初めまして、一ノ瀬と申します。このたびは、急な申し出にもかかわらずお時間を割いていただき、まことにありがとうございます」

挨拶の言葉に、相手の眉が不審げにひきつるのが見えた。

倉木に無理を言ってリモート通話の準備をさせたからには、桐生が怪訝に思うのも当然だろう。

『どうも。新東医科大附属脳神経外科の桐生です。早速で悪いのですが、こちらも時間がありませんので。えー、本上綾夏さんの件でお話があると聞いていますが』

先に本題を口にしたのは、桐生のほうだった。

優高は一度うなずいてから、彼女が昨日倒れたことを説明する。

『頭痛、ですか』

顎に手をやり、桐生はかすかに視線を泳がせた。彼にとっても、あまり望ましくない状態なのかもしれない。

「現在は投薬で進行を止めていると聞いています。ですが、根本的な治療を行わない以上、今回のようなことが今後も起こり得るのではないでしょうか。私は、彼女の治療のために――」

『待ってください。まず、一ノ瀬さんは本上さんとどのようなご関係なのでしょう。それによって、お答えできること、できないことがあります』

「私は彼女の婚約者です。今は、彼女の暮らす仙台の家にいます」

カメラから体をよけ、背景となっている古民家の室内を映す。

すると桐生は、一瞬面食らったような表情になった。

『そう、でしたか。それは、今まで聞いたことがありませんでしたので』

ほんの一週間前まで、ふたりの関係性は途切れていた。

主治医の桐生が知らないのも無理はない。

――だが、それだけか？

彼の表情には、担当患者が婚約していると知っただけではない感情が見える気がした。

「桐生先生は、彼女を最初に診察されたと聞いています」

『正しくは、記憶障害が起こってからですね』

それ以前にも、綾夏は別の理由で診察を受けていたのだろうか。

気になる言い方ではあったが、いったん飲み込んで話の続きをうながす。

「頭痛は、血腫によるものですか？」

『その可能性は否定できません。最後の診察の時点で、進行を完全に阻止できていないことは判明しています。ただし、突然倒れるほどの頭痛となると、あらためて検査を行うべきと考えます』

「彼女は、今もそちらの病院に通院しているのですね」

『ええ。月に一度、ご実家に顔を出し、通院をしていると聞いています。先日は、そちらで収穫した野菜を分けてもらいましてね。本上さんは、自分を律して丁寧な暮らしをしている。病気で自暴自棄になることもせず、毎日をきちんと生きようとしているのが伝わってきます』

綾夏らしい、と優高は思う。

どんな状況でも、彼女は前を向く。

がむしゃらにただポジティブなのではなく、綾夏の場合は適切な範囲で顔を上げて生きているのが好ましい。

あるいは、この医師も彼女のそういうところに惹かれているのかもしれない。

『とはいえ、本上さんの場合は事故による外傷性の記憶障害です。外から確認できているよりも、内部でさらに問題が起こっている可能性は――』

「すみません、今、なんと？」

『外傷性の記憶障害で』

「事故とおっしゃったのは、どういうことですか？」

耳のうしろで、嫌な予感がチリチリと音を立てている。

事故。

彼女と出会ってから、ふたりの間で起こった事故はあれしかない。

『ご存じないんですか？　自転車に追突されてガードレールに後頭部を強打した件ですよ』

「……まさか、あのときの怪我のせいで⁉」

『はい。その事故の怪我については僕のほうで診察していませんが、事故直後には見つけられなかった傷から出血があり、血腫になったと考えられます』

息が、できない。

目の前から世界が奪われ、虚無の空間に立たされたような不安が優高を包みこんだ。

『一ノ瀬さん？』

あの日、綾夏は優高をかばって自転車の前に飛び出した。

そして頭を打って――。

『一ノ瀬さん、聞こえていますか？』

「ああ、はい。失礼、聞こえます。桐生先生、近日中に彼女を連れて東京へ戻ろうと考えています。あらためて、治療についてお話を聞かせていただきたいのですが」

『ええ、それはもちろん構いません』

「本日は急遽お時間をいただき、ありがとうございました」

なかば強引に話を打ち切り、優高は通話を終えた。

ノートパソコンの画面が省電力モードに切り替わり、真っ暗になるまで、ただ呆然とそこに座っているしかできなかった。

首筋を汗が伝う。

セミの声が、優高を責める。

「俺たちが知り合ったときから、こうなる運命が決まっていたというのか……？」

あの日、ほんとうならば怪我をしているのは自分のはずだったのに。

綾夏の優しさは、彼女に怪我を負わせ、記憶すらも奪っていく。

愚行だと、優高は言った。

それでも彼女は『ふたりとも無事、よかった！』と笑っていた。

——今でも、そう思っているのか？　俺のせいで、きみの記憶は……。

原因が判明してもなお、優高の気持ちは揺るがない。

たとえ綾夏が記憶を失っていくとしても、彼女の分まで、ふたり分愛していくという決意は同じだ。

その覚悟はある。

しかし。

——俺のせいで、彼女は記憶を失っていく恐怖の中を生きている。ほんとうに俺は、彼女のそばにいる権利があるのか？

綾夏が東京を——優高のもとを離れたのは、記憶障害の原因である優高と過ごすことに苦痛を覚えたからなのかもしれない。

もしも、そうなのだとしたら——。

「ごめん。俺は、それでも綾夏を愛してる」

声に出した愛情は、どこにも届くことなく夏の蒸れた空気ににじんでいった。

§　§　§

ひと晩、離れていただけなのに、優高が病室まで迎えに来てくれたとき、綾夏は自分が寂しかったのだと気づいた。

「優高さん」

彼のもとへ駆け寄ると、優高は微笑みかけてくれる。

だが、なぜだろう。

その笑顔が、昨日『結婚しよう』と言ってくれたときよりも、悲しみに満ちているように見えた。

「お昼、ちゃんと食べた？」

「そうめんを茹でたよ」

「お腹減ってるんじゃない？」

「そんなことない。綾夏がお腹減ってるのか？」

元気がなさそうで心配したのだが、逆にこちらの空腹を気遣われてしまう。
実は、お昼前に退院の手続きがすべて終わってしまったため、昼食は出なかった。
売店で何か買うことも考えたけれど、なんとなく窓の外を眺めて過ごしていたのだ。
病室の窓からは、広い駐車場が見える。
どこか遠く、彼と車で出かけたいなんて考えていた。
「帰ろう、綾夏」
荷物を持ってくれた優高が、こちらに左手を差し出す。
「うん、帰ろう」
タクシーで自宅まで帰る道すがら、彼はひどく無口だった。
そして、とても悲しそうに見えた。
「東京の、新東医科大学附属病院の桐生先生と話したよ」
彼がそう言ったとき、綾夏は膝の上でぎゅっと両手を握りしめた。
——それって、つまり……。
知られてしまったのかもしれない。
あの自転車事故が、原因だと。
——だから、優高さんは落ち込んでいる。

「そうなんだ？　なんだかおもしろい先生だよね」

何も気づかないふりで、いつもと同じ自分を装って笑いかけた。

「……ああ、そうだな」

ねえ、優高さん、と心の中で話しかける。

あのとき、彼は綾夏のしたことを愚行だと言った。

その場で否定したし、その後も何度も彼の言葉を考えつづけた。

脳に損傷を負って記憶障害が残るとわかっていたら、自分はあのとき彼を助けることを躊躇（ちゅうちょ）しただろうか。

答えは、ノーだ。

何度繰り返しても、何度彼に呆れられたとしても、綾夏は間違いなくあの瞬間、優高を助ける選択をするだろう。

――そして、何度でもあなたに恋をする。たとえ忘れてしまうとしても、この気持ちに後悔なんてない。

隣に座る彼の手を、綾夏はきゅっと握った。

「綾夏？」

どうしたの、と彼の目が問いかけてくる。

彼が、彼自身を責める理由なんてない。少なくとも、あれは綾夏の身勝手な行動だった。

「わたし、優高さんのこと好きだなって」

「……急だな」

「だって、ずっと言えなかった。仙台にひとりで暮らしていて、もう二度と会えないかもしれないって思ってた。だから、伝えられるのが嬉しい。優高さん、大好きだよ」

車窓には、ひまわりの群生が黄色く光を放つ。

「ありがとう」

俺も好きだよ、と彼が寂しげに笑った。

「だから、ふたつお願いがあります」

「お願い?」

「うん。わたしのことを好きなら、お願いを叶えてくれたら嬉しいな」

「ずいぶん打算的な愛の告白だな」

「あはは、バレた?」

「それで、何をしてほしいんだ?」

「うん、あのね、結婚の挨拶をする前に、まずは家族にわたしの病気のことをきちんと説明しようと思うの。そのとき、隣にいてくれる？」

「当たり前だ。隣にいるよ」

「それから、もうひとつなんだけど……」

空には積乱雲が大きく膨らんでいた。もうすぐ、雨が来る。

§　§　§

七月も半ばを過ぎ、気温はぐんと高くなる。

梅雨が明けて本格的な夏が仙台に訪れようとしていた。

「綾夏、荷物はこのバスケット？」

「うん、そう。車に運んでくれるの？」

「そのつもり」

「あ、待って待って。保冷剤、入れる！」

その日、綾夏は朝五時に起きてお弁当を作った。

ゆかりごはんのおにぎりと、ツナとショウガの甘酢漬けの混ぜごはんのおにぎり、鶏もも肉のレモン唐揚げ、ブロッコリーときのこのカレー風味炒め、ズッキーニとパプリカのピクルス、キャベツと青じそのメンチカツ。

デザートも準備するか迷ったけれど、帰りにどこか寄り道をして甘いものを食べるのも悪くないとやめておいた。

病院からの帰り道、彼にお願いしたのは「レンタカーを借りてドライブに連れて行って」だ。

昨晩のうちにレンタカーを準備してくれた優高には、住所だけを伝えてある。どこに行くかは、まだ内緒。

「戸締まりは？」

「大丈夫。行こう」

涼しい麻のワンピースに、白いスニーカーを履いて家を出た。

「今日は、予想最高気温が三十四度だって」

運転席に乗り込んだ優高が、エアコンの温度を調整しながらこちらを見る。

「梅雨が明けたと思ったら、もうそんななの？　年々暑くなるね」

「具合が悪くなったらすぐ言えよ？」

「うん、優高さんもね？」

記憶障害のことを知ってから、彼は以前にまして綾夏を気遣ってくれるようになった。

――もともと優しいけど、わたしのことを壊れ物みたいに扱うよね。

優高には、言えない。

彼が記憶障害の原因となった事故について知ってしまったのだとわかっていたが、綾夏はそのことを決して自分からは口にしないと決めていた。

あなたのせいじゃないよ、と言うのは簡単だ。

だが、それで彼が納得するとは思えなかった。

その程度で救われるのなら、優高は最初から悩んでいない。

逆の立場だとしたら、綾夏だって自分を責める。

――だから、わたしは絶対に言わない。優高さんのせいじゃないって、わたしは知ってる。それを口にすることで、いっそうあなたを傷つけるから。

「それで、この住所には何があるんだ?」

「ついてからのお楽しみ。車で何分くらいかかりそう?」

カーナビは、行き先までのルート案内を開始する。

『目的地までの走行時間はおよそ五十九分です』

「えっ、すごい。カーナビが返事した!」

「偶然だよ。さすがにそこまでの機能はない」

「そっか。タイミングばっちりだったね」

行き先は、祖母の家から北へ四十キロほど、宮城県大崎市のとある場所だ。

車は夏空の下を走っていく。

夏休み前の月曜日とあって、道は空いていた。

「お弁当のおかずね、暑くても傷まないものを考えてたら、酸っぱいのばかりになっちゃった」

「綾夏は基本的にお酢が好きだよな」

「そうだね。夏は冷やし中華がおいしい」

「まさか、弁当に……」

「それはないよ。あ、でも、麺と具材を別にしたらお弁当もいけるかな?」

「そこまでいったら、店で食べてもいいんじゃないか」

「たしかに、そうかも」

なんてことない会話が、愛しくてたまらない。

綾夏のこんな気持ちに彼は気づいているだろうか。

ずっと、ひとりになろうとしていた。

仙台に来ると決めてから、綾夏は東京での人間関係をほとんどリセットしようとしていたのだ。

——忘れてしまうのが怖いから、自分から逃げようとしていた。だけど、今は違う。たとえ忘れてしまうとしても、優高さんはそばにいてくれる。

彼の優しさに甘えている自覚はあった。

毎晩、寝る前に日記を書く。右手が痛くなるまで書いても、すべてを書ききることはできない。

日に日にページが厚くなっていく日記のすべてを、毎日確認して自分が何を覚えているか、何を忘れているかを確認するのも不可能になっている。

——それでも、わたしはもう逃げない。

「ねえ、優高さん」

「ん？」

「空が広いね」

ふたりを乗せた車は、このままどこまでも走っていけそうに思える。

だが、それは真実ではない。

行けるところには限りがあって、車の燃料も有限だ。

──それに、どこへ逃げたってわたしはわたしから逃げられない。優高さんを好きだって気持ちから、逃げるなんてできなかった。

到着したのは、約六ヘクタールもの広いひまわり畑だ。

見渡すかぎりの黄色いひまわりは、およそ四十二万本だという。

「わあ、すごい！」

空の青とひまわりの黄色、葉の緑が視界を埋め尽くす。

「東北でも、七月半ばでひまわりは咲くんだな」

隣に立つ優高も、驚いた様子で目を丸くしていた。

「ほんとうは、七月後半ぐらいから開花らしいよ。でも、毎年少しずつ開花時期が早くなってきてるんだって」

「猛暑のせい、ってこと？」

「うん、そうみたい。いつもは暑いのなんて嬉しくないけど、今日はちょっと地球温暖化に感謝かも。そのおかげで、優高さんと一緒にひまわりの丘に来れたから」

「不謹慎だけど、かわいいから許す」

「ね、あっち。見に行こう」

彼の手をつかんで、綾夏はひまわりの中を歩き出す。

いつだって優高が手を引いてくれた。

「そんなに急がなくてもひまわりは逃げないぞ」

「逃げたら怖いよ。あ、でも、かわいいかな」

「……かわいいか?」

広い敷地をさんざん歩いて、少し早い昼食をふたりで分け合う。

こんな日が、永遠に続いたら。

レジャーシートに寝転んだ彼が、腕で目元を覆った。

陽光を防いでいるようにも見えるけれど、表情を隠しているふうにも取れた。

綾夏は立ち上がり、右手を太陽に伸ばす。

「ねえ、優高さん」

「うん」

「ひまわり、きれいだね」

「そうだな。来て、よかった」

「運転してくれてありがとう」

「どういたしまして。いつでも運転手として使ってくれたまえ」

「何それ。社長から運転手に転職する？」

「悪くない」

空を見上げるのは、綾夏だけではない。

ここに咲く四十二万本のひまわりたちも同様だ。

「わたし、ひまわりだったらよかったな」

「……突然だな」

「ふふ、だってね、わたしがひまわりだったら太陽を追いかけるみたいに、ずーっと優高さんを見つめていられるでしょ。どこにいても、『あっ、あっちに優高さんがいるぞ！　ピーン！』みたいに」

「なんだ、その『ピーン』って」

「アンテナ？」

起き上がった優高が、目尻を下げて笑う。

彼の笑顔が好きだ。

真顔のときは冷たく見えるのに、笑うととたんに泣きそうなほど優しい顔になる。

「綾夏、来て」

「どうしたの？」

「こっち、隣に座って」

言われるまま、彼の隣に腰を下ろした。

沈黙の間を、夏の香りの風が通り過ぎていく。

「……ごめん」

優高が、せつなげな声で謝罪した。

「どうしたの、急に」

「急じゃない。ずっと謝りたいと思っていたよ。だけど、どんなに言葉を尽くしても取り返しがつかない。あの日、綾夏は俺をかばったせいで怪我をした」

そのせいで、脳に損傷を受けた。

記憶障害になったのは、俺のせいだ——と、優高が続ける。

「俺が不注意だった。もっとまわりを見ていれば、綾夏が駆け寄ってくる前に気づけたはずだ。それなのに、俺は——」

「ねえ、優高さん」

苦しんでいるあなたに、一世一代の嘘をつこう。

今日、家を出る前から——いや、彼が記憶障害の原因を知ってしまったと気づいたときから、そう心に決めていた。

「綾夏、俺は」

「ごめんね。忘れちゃったの」

悲痛な面持ちの彼に、綾夏はひまわりに負けないくらい明るく笑いかけた。

ほんとうは、全部覚えている。

忘れたくないことばかりで、心はいっぱいだ。

——だけど、あなたはもう苦しまなくていいの。わたしは、何度やり直してもあなたを助けると思う。そして、あなたを好きになる。

「どうして……！」

彼はこらえきれないとばかりに、右手で顔を覆った。

「どうして、きみなんだ。どうして、どうして、どうして！」

声が濡れている。

青空の下、黄色いひまわりが揺れる中、彼だけが悲愴な涙に濡れていた。

「こんなに人を愛する気持ちを教えてくれたのは、綾夏だけだった。俺にとって、きみだけが特別で、きみだけが……絶対に守りたい人なのに。どうして綾夏がこんな目にあわなきゃいけないんだ。どうして、俺の愛した人が——」

「わたしも優高さんが好きだよ。大好き。だから大丈夫」

「綾夏」

両腕を伸ばして、彼を抱きしめた。

湿った空気が首筋にかかる。

ねえ、お願い。

もう悲しまないで。

あなたは、何も悪くない。

「だってね、今日はまだあなたを好きなことを覚えていられる。今日はまだ、こうしてあなたの隣にいられる。離れて初めて、どれだけ優高さんを好きか思い知ったの。好きな人に、好きでいてもらえる。それだけで、こんなに幸せなんだもの。何も怖くなんかない。悲しくなんかないんだよ」

「だけど、俺のせいで」

「優高さんのせい？　わたしは忘れちゃったから、わかんない」

「綾夏」

「あなたが初めて笑ってくれたとき、嬉しかった。ねえ、覚えてる？　優高さんは、いつも無愛想だったよね」

年齢を尋ねた綾夏に、彼が『ずいぶん不躾だな』と言った、あの日。

お互いが、もうただの店員と客ではない関係性を意識したのも、あの日だった。

「笑ったの初めて見たって言ったら、優高さんは」

「俺だって人間だから、たまには笑う」

「そう、そう言ったの！」

顔を上げた優高は、頬を涙が伝うのも気にせず唇を重ねてきた。

「……だから、これからも笑って。わたし、優高さんの笑顔、大好き」

「ああ、約束する」

もう一度。

「絶対だよ」

「絶対だ」

そして、もう一度。

唇が触れるたび、泣きたくなる。

悲しいからでも、寂しいからでもなくて、幸せすぎて泣きそうだった。

「綾夏が隣にいてくれるなら、俺はいつだって笑っていられる」

「うん、ずっと」

ずっと、隣にいて。そして、ずっと隣にいさせて。

──いつかわたしは忘れてしまうかもしれないけれど、あなたは覚えていてくれる。

だから、怖くないよ。

「おじいちゃんとおばあちゃんになっても、笑ってね」

「綾夏は、たまに気が長い」

「たまに？」

「うーん、わりと、いつも」

「ふふ、未来の約束をするのっていいよね」

夏空のキスは、涙の味がした。

§　§　§

ひまわりの丘へ出かけてから二日後、ふたりは仙台をあとにする。

優高としては、彼女を説得する必要があると思っていたのだが、綾夏のほうから「東京に帰ろうかな」と言い出したのだ。

急な出立になってしまったが、一日でも早く彼女を東京の病院に連れていきたかった。

それに、彼女の家族に病状を伝えるべきだと考えている。

綾夏自身もその気持ちはあるようで、結婚の挨拶の前に一緒に話すことになっていた。

「忘れ物、ない？」

「ああ。忘れても、また来ればいい」

玄関前で、綾夏は嬉しそうに微笑む。

彼女が笑うと、世界が明るくなった気がする。

施錠を終えた彼女は、鍵をこちらに差し出した。

「これ、優高さんが持っていて」

「俺が？」

「うん。またふたりで来る約束」

——かわいいこと、言うなよ。

心の中で照れながら、彼女の手から鍵を受け取る。

自分のキーケースに、その鍵を黙ってしまうことにした。

「ねえ、また一緒に来ようね。それで、今度は二階の壁紙も変えたいから手伝ってね」

「ああ、約束だ」

JR仙台駅から、東京までは片道一時間半。

向こうに戻ったら、綾夏は実家ではなく優高のマンションで一緒に暮らすことになっている。

荷物もマンションへ送った。

新幹線に乗ると、彼女はすぐに寝息を立て始めた。

——片付けで疲れていたのかもしれないな。

眠る彼女の横顔を見つめて、これからのことを考える。

倉木には東京に戻ると告げてあったが、会社に戻るかどうかはまだ迷っていた。

この先、彼女と過ごす時間が何より大切なのだ。

医師を探す手配はした。だが、いつ手術ができるかはまだわからない。

だとしたら、一秒でも綾夏と離れていたくはない。

会社を手放しても、ふたりで一生暮らしていくだけの資産はある。

——何もいらない。何もほしくない。ただ、綾夏がいてくれれば、それだけで。

マンションには、彼女の部屋を作る予定はなかった。使っていないベッドルームはあるけれど、これからは同じベッドで眠り、一緒に朝を迎えたい。

幸福な想像をしているうちに、優高もまた眠りに落ちていた。

緊張感は、いつも心をキリキリと締め上げる。細くて硬い糸のようだった。

§　§　§

「……命に、かかわるというんですか？」

東京へ戻ってすぐに、優高は彼女を桐生のいる新東医科大学附属病院へ連れていった。家族に話をする前に、桐生からもう少し詳細な説明を受けたかったのもある。

綾夏の姉の千冬も来ると言っていたが、電車の事故で到着が遅れていた。

そんな中、いくつもの検査を受ける綾夏を待っていた優高に、桐生が「ふたりで少し話しましょう」と診察室とは別の相談室と書かれた部屋に案内した。

そして。

「落ち着いてください。可能性の話です」

「可能性だろうとなんだろうと、綾夏の命が……」

失われるだなんて。

その続きは、声にできなかった。

「血腫の位置が悪いんです。直接的に命にかかわるというより、場合によっては意識レベルが落ちていき、眠ったままになることもないとは言えない状態です」

なぜ、そうなる前に手を打つことができなかったのか。

叫び出したいほどの衝動が体を貫く。

しかし、桐生を怒鳴りつけたところで何も変わらないのはわかっていた。

「手術、は」

「そうお考えになるのももっともでしょう。ですが、本上さんの血腫は脳幹に密接しています。手術をするには、リスクが高すぎます」

「だったら、どうしろと言うんだ！」

こらえきれない怒りと悲しみに、優高は声を荒らげた。

彼のせいではない。むしろ、自分のせいで綾夏は脳を損傷している。

もう理性で自分を抑えきれないほどに、事態は悪化しきっているではないか。

「一ノ瀬さん」

桐生は、悔しそうに目を伏せる。

「僕に提案できるのは、血腫の一部を除去する方法です。すべてを取り除かなければ、完治はしません。ですが、一部の除去でも圧迫を減らすことが可能です。手術によって脳機能を損傷することなく、安全な部位までの――」

「それは、ほんとうに安全なんですか？」

立ち上がり、両手のひらに爪が食い込むほど手を握りしめた優高は、低い声を絞り出した。

「……絶対というお約束はできません」

「だったら、なんのために……！」

「本上さんの日常生活を守るためです。もちろん、手術をしなくても今までどおり投薬で安定した生活をすることが可能かもしれません。いつ、何が起こるか、絶対的な見立てはないんです」

ただ、彼女の目が二度と覚めなくなる可能性がある。

「本上さんのお姉さんにお伝えすべきかとも思いましたが、近々入籍を考えていると先ほど診察のときに聞きました。だとしたら、あなたに話すのがよいのではないかと」

「……話してくださってありがとうございます。私も今、海外の医師に打診をしているところです」

実際は、まだ類似した手術の成功例を持つ医師を洗い出している最中だ。目処は立っていない。

けれど、このまま桐生のもとに預けていても、彼女を助ける方法はないように感じた。

決して桐生の腕に問題があるという意味ではない。

実際、倉木の調べによれば桐生洋平は、国内でも屈指の脳外科医の愛弟子である。彼は若くして海外で実績も積んでいる。

それでも、足りない。

綾夏を助けるためには、まだ足りないのだ。

「今すぐに決断する必要はありません。ですが、一部除去の手術も可能であると心に留めておいてください。それと、血腫の完全除去については——」

言いかけて、桐生が軽く頭を振った。

「いちかばちかの、賭けのような手術になります。たとえ、どれほどの名医がメスを握ったとしても、彼女の記憶のすべてを奪う可能性が——いや、脳機能そのものを奪う可能性がある手術なんです。どうか、完治のみを考えるのではなく、五年、十年と時間を刻んで考えてみてください」

彼女の病状は、優高が仙台で聞いたときよりも格段に悪化している。

頭痛の頻度が上がり、記憶が失われることが増えてきているのだ。

素人の自分にもそのことだけはよくわかった。

相談室を出ると、綾夏と千冬が合流したところに出くわした。

「あ、一ノ瀬さん、それに桐生先生も」

千冬は妹の隣に並び、ほがらかな笑顔を向けてくる。

優高よりも、桐生と会えたのが嬉しそうにも見えた。

「今、ちょうどお姉ちゃんが来てくれたの。優高さん、先生と何か話してた？」

「綾夏が元気すぎるから、あまり無理させるなと言われたところだよ」

「えー、ひどい。先生、せっかく野菜持ってきたのに」

賄賂だよ、と綾夏はいたずらな笑みを浮かべる。

「お、トマト。うまくできたんですね。野菜はおいしくいただきますよ」

「先生、トマトがお好きなんですか？」

一瞬、桐生が沈黙する。

「実は大好物なんです。さて、検査は終わったようですね。のちほど、結果の説明をします。もうしばらく、待合室でお待ちください」

「はーい」

結局、その日の説明で綾夏と千冬も先に優高が聞いた話を知ることになった。

何も知らせないまま、医師を見つけられたらと願うには、もう時間がないのかもしれない。

§　§　§

「ねえ、優高さん」

「ん？」

「会社、辞めちゃ駄目だよ」

「……どうして、それを」

ベッドの中で、綾夏はふふっと笑った。

夜はマンションを優しい闇に包み込む。

エアコンの稼働音が、小さくＢＧＭのように聞こえてきていた。

「だって、それじゃまるでわたしが死んじゃうのがわかってるみたいじゃない」

「綾夏は死なない。俺が死なせない」

夏の夜にまぎれて、死神が彼女を連れ去ろうとしている。そんな悪い予感を断ち切りたくて、優高は彼女の体をきつく抱きしめる。

「わたしだって、今すぐそうなるって言ってるわけじゃないの」

「だったら、会社を辞めて何が悪い？　心配しなくても、ふたりで一生遊び暮らすくらいの資産は――」

「そうじゃなくて！」

彼女が細い腕で、優高の胸を押し返した。

「そういうことじゃなくて、ね。優高さんが会社を手放すのって、わたしがもう助からないから、そばにいるみたいってこと。わたしね、普通の暮らしがしたい。一緒に眠って一緒に起きて、一緒にごはんを食べるの。優高さんは会社に行く。わたしも、また仕事を探すよ。それで、夜に同じ家に帰ってきて、一緒にごはんを食べて、また一緒に眠るんだよ」

彼女の言いたいことはわかる。

ささやかで優しい幸福な暮らしを、優高もまた心から望んでいる。

けれど。

「……少しでも、綾夏と長く一緒にいたい」

「だから、それは今だけの話でしょう？　ふたりでこのマンションに閉じこもって、時間が止まったみたいな生活をするの？　それじゃ、やっぱりわたしは死んじゃうみたいだよ」

冗談めかして笑っているけれど、彼女の声は震えていた。

ほんとうは、怖いのだ。怖くないはずがない。

彼女はまだ生きているのに、記憶だってあるのに、勝手に死んだように扱われることに怯えている。

「十年後も二十年後も一緒に贅沢をするために、俺に稼げってことだな?」

綾夏が贅沢なんて望んでいないのは、百も承知だ。

家庭菜園で野菜を育てて暮らそうとしていた彼女からは、そもそも贅沢したいなんて発言を聞いたことがない。

「あはは、そうだよ。いっぱい稼いで、贅沢させてよ」

――そんなもの、望んでいないくせに。

「わかった。だったら、しっかり稼いでハイブランドの最高級品の結婚指輪でも買うしかないな」

「ええ?　そんなのいらないよ。そういう意味じゃなくてね」

わたしは、あなたといられたらそれだけで幸せなの――。

腕の中で、綾夏が静かに目を閉じた。

「欲がなさすぎる」

「いいんです。平和な日常を愛してるんですぅ」

「だったら、また水族館に行こう。綾夏は、水族館好きそうだったから」

「……え？」

パッと顔を上げた彼女は、不安げに視線をさまよわせる。

その仕草には、覚えがあった。

綾夏は、忘れてしまったことを自覚するときにパニック発作を起こすことがある。

今、まさにそれに近い反応が起きている。

「水族館、わたしたち、行った？　わたし、思い出せな……」

「いいよ」

彼女の丸く形良い頭を、顎先でぐいと押し込んで。

腕の中に綾夏を閉じ込めるように、抱きしめ直した。

「優高さん？」

「忘れていても、いい。俺が覚えてるから、大丈夫だ」

「でも」

「ほら、俺に仕事に行ってもらいたいんだろ？　だったら、ちゃんと寝かしつけてくれないと」

「……うん」

「子守唄は？　歌ってくれないの？」

「そんなの、歌ったことないでしょ」

「バレたか」

わざと笑って、優高は綾夏の耳元で「おやすみ」と告げる。

「……おやすみ、なさい」

その夜は、ふたりともなかなか寝つけなかった。

夏の暑さが理由ではないけれど、彼女の中から水族館の思い出が失われた事実を、互いにうまく飲み込めなかったのかもしれない。

§　§　§

夢の中で、大きな魚の尾を追いかけていた。

ひらり、ひらり、とそれは綾夏の指先からすり抜けていく。

あと少しで捕まえられそうなのに、どうしても届かない。

水中にいても呼吸は苦しくなくて、水面越しに太陽が輝いているのがわかった。
あの魚は、記憶なのだ。
手放してしまえば、また何かを忘れてしまう。
「行かないで、お願い」
必死に追いかけるけれど、次第に手足が重くなっていく。
届かない。
取り戻せない。
――わたしは、何も忘れたくないの。お願いだから、わたしの記憶を返して！
右手を伸ばした格好で、目を覚ました。
「わたしの……」
記憶を、返して。
お願いだから、奪わないで。
「う、うう、う」
起きている間は、不安を押し殺すことができる。そう思っていた。
あんなのは、ただの夢でしかない。
――なのに、どうして？

シャワーの音が聞こえている。

優高は、バスルームにいるのだろう。

両手で覆った頬は、涙でぐっしょりと濡れていた。

泣きたくなんかない。怯えたくなんかない。

今、ここにある幸せを大切にしたい。それだけなのに。

「うう……、う、う……」

綾夏は嗚咽を噛み殺すしか、できなかった。

静かに、けれど着実に、思い出は失われていく。


「……僕は、反対です」

病院の相談室で、白いテーブルを挟んで座る桐生医師が静かに言った。

「以前にも説明しましたが、その手術はかならずしも成功するという保証はありません。ましてや、海外での手術となると言葉の壁というストレスもあります。一ノ瀬さんは資金に不安はないとおっしゃいましたが、だからといって——」

七月も終わりに近づいた、その日。

優高がアメリカで類似した手術に成功した医師に診察をしてもらおうと言い出した。

折しも、それは通院の日だった。

「桐生先生が反対されるのもわかります。私も、彼女が望まないのなら無理強いをするつもりはありません」

苦労をして医師を見つけ出してくれたのだろうに、優高は綾夏の意思を何より尊重してくれている。

誰もが、願っているのだ。

今のまま、静かに暮らしていけたら、と。

――だけど、このままじゃみんなを苦しめる。

綾夏は、黙するふたりの男性に語りかけるように話しはじめた。

「わたしのために、いろいろと考えてくれてありがとうございます。桐生先生の心配もわかるし、優高さんの提案もわかる。このまま、ずっと何もない顔をして生きていけたらいいって、わたしもほんとうは思うんです。でも、わたし、忘れてきていますよね？」

そう。

この二週間で、優高と話していて何度も違和感を覚えた。

それこそが、記憶の齟齬なのだろう。

最初のうちは、大丈夫だと慰めてくれた優高が、ふたりの思い出を口にするときに石橋を叩いているのを感じられるようになった。

記憶が失われていると綾夏に自覚させたくない。その素振りが見える。

「このまま、どんどん忘れていくのが怖い。たとえ二度と目が覚めないかもしれないと言われても、わたしは……」

「本上さん、僕がかならず効果のある方法を見つけます。あなたに、そんな危険な手術を受けてほしくないんです」

――桐生先生は、ほんとうにいいお医者さんだ。お姉ちゃんが、この病院に連れてきてくれたおかげで、先生に診てもらえた。

彼には感謝している。

ときに友人のように、ときに家族のように、患者に寄り添ってくれるのだ。

「ねえ、優高さん」

「うん」

隣に座る優高は、綾夏の手をずっと握ってくれていた。

その優しい手から、きみが選んでいいよ、と彼の声が聞こえてくる気がした。

「わたしは、たぶんたくさん忘れてきているよね。それに気づかせないようにしてくれて、ありがとう」

「……バレてたか」

「ふふ、少しね」

きっと、正しい答えなんてどこにもない。

自分で選んだ道を信じる以外、ないのかもしれない。

綾夏は、優高の手を握り返した。

今、こうして触れている彼の体温だけが、現実だった。

「わたしは、手術を受けようと思います。もちろん、まずはアメリカにわたって診察をするところからですよね。桐生先生には、ほんとうに心配をかけてしまってごめんなさい。でも、わたしはもう、忘れたくないんです」

大好きな人と生きてきた時間の中に、彼だけを取り残すわけにはいかないと強く思う。

一緒に生きていこうと、優高は言ってくれた。

それは、彼ひとりに思い出を担わせることではないのだから。

「もう、決めてしまったんですか」

「はい。決めてしまいました」

肩をすくめて笑うと、桐生も仕方ないとばかりに苦笑した。

「本上さんは、強いですね。でも、もし向こうで困ったことがあったら、僕に連絡をしてください。こう見えても、以前はアメリカの病院で働いていました。英語も、そこらの医療通訳士よりわかりますから」

「心強いです」

「一ノ瀬さん」

桐生が、優高の名前を呼ぶ。

その声は、綾夏に話しかけるときよりも、いくぶん低く力強く聞こえた。

「綾夏さんを、大切にしてください。かならず彼女を守ってあげてください」

——あれ？　先生、今、名前で呼んだ？

今まで、桐生から名前で呼ばれたことがなかったので、不思議な感じがある。

「もちろんです。英語に困ったときは、電話させてもらいますよ」

「……どうせ一ノ瀬さんって、英語もできるんでしょうね」

「まあ、それなりに？」

男性ふたりが、わかりあったような顔で笑い合う。

そこには、綾夏が入っていけない何かがあるような気がして、少しだけ悔しい。

「渡米用の英語の電子カルテを準備しておきます。費用はかかりますので、よろしくお願いしますよ」

「なんなら、金額を上乗せしましょうか？」

「そんなことをしたら、僕のクビが飛びます」

――よくわからないけど、もしかして先生と優高さんってけっこう仲良しなのかな？

　綾夏の困惑をよそに、優高が椅子から立ち上がる。

「行こうか、綾夏」

「うん」

　今日はこれから、ふたりで八景島へ行く予定だった。

　その、はずなのだが――。


　到着したのは、横浜ですらなく都内の旅行会社だった。

「優高さん？」

「いいからいいから」

　彼は綾夏をエスコートして、店内に入っていく。予約を入れてあったらしく、すぐに担当してくれるスタッフがふたり現れた。

——ああ、アメリカに行く手配をするのか。

そう思って、綾夏は案内された席につく。

しかし、テーブルに広げられたのは、アメリカはアメリカでもハワイ島での海外ブライダルのパンフレットだ。

「えっ、ハワイ?」

「そう。ハワイ。ほかの国のほうがいい?」

思わず、綾夏はぶんぶんと首を横に振った。

「ハワイがいい!」

「だったら問題ないな」

微笑んだ彼が、あまりに余裕の表情でつい見とれてしまいそうになる。

——わたし、ハワイで結婚式をしたいなんて言った?

そんな話を優高とした覚えはない。それとも、忘れてしまったのだろうか。

困惑が顔に出ていたのか。

優高が優しい声で「お姉さんに聞いたんだよ」と教えてくれる。

「お姉ちゃんが?」

子どものころ、綾夏はハワイで結婚式をするのに憧れていた。

だんだん大人になるにつれて、挙式そのものをしなくてもいいとか、結婚だけが幸せのかたちではないとか、考えが変わってきた面もある。

なのに、パンフレットに掲載された美しい海を背景にしたウエディングフォトには、心躍ってしまうのだ。

「ドレスは、前もって試着できませんよね？」

「いえ、こちらにも何着か同じデザインをご用意しています。よろしければ、試着してみませんか？」

「綾夏、どうする？」

「します！」

勢い込んで立ち上がると、スタッフと優高がそれを見て笑った。

鏡に映る自分は、いつもどおりのメイクのままなのに頬がバラ色に染まっているせいか、表情が明るく見える。

「とてもお似合いですよ」

「背中、あきすぎていませんか？」

「そのくらい大胆なほうが、ハワイらしいとも感じます」

綾夏と同い年くらいの女性スタッフが、力強く励ましてくれる。

たしかに、南国のウエディングともなれば多少の露出が適切とも感じなくない。

――でも、こんなドレス、生まれて初めて着るからわからないな。優高さんはどう思うだろう。

そこに、着替えを終えた優高が男性スタッフとともに入ってきた。

白いタキシード姿の彼は、軽く前髪を上げているせいもあって、普段よりぐっとフォーマルな雰囲気だ。

「似合ってる、ね」

心臓が高鳴ってしまい、もっと素直に褒めたいのに言葉がうまく出てこない。

「そっちも。似合ってるよ」

綾夏の真似をする言い方で、優高がかすかに笑った。

「サイズはそれほど調整が必要ないかと思います。基本的には同じブランドのドレス、お衣装を準備していますので、デザインを変更しても着用感に差が出ないかと」

「なるほど。たしかに同じブランドのものなら、ある程度サイズ感は決まってきますね」

長身の優高なら、欧米人向けのデザインでも颯爽と着こなすだろう。

「綾夏は？　サイズはどう？」

「サイズより、背中が……」

くるりと回ってみせると、彼が「おー」と声を出して拍手する。

「背中があいてるのは魅力的だけど、日焼けが心配だな。ハワイの日差しは殺人級だ」

「日焼け止めで戦える？」

「俺が塗ればどうにかなる」

任せておけと、彼が胸を叩いた。

「今日はあくまでお試しですので、デザインをお選びいただくのは挙式の二カ月前までになります。以降の変更は、場合によって別途費用がかかることがありますので、ご注意ください」

「わかりました。ありがとう」

優高はスタッフの説明に、まったく物怖じすることなく対応していく。

こういうとき、彼が綾夏よりもずっと大人なのだと感じる。仕事柄もあるのかもしれないが、優高にはいつだって余裕があるのだ。

――それにしても……。

「海外ブライダルなんて、聞いてなかったよ？」

「言ってなかったから」

「そういうのって、ふたりで相談して決めてもいいと思う！」

車に戻ると、今度こそ横浜へ向かう。

ハンドルを握る優高が、前を向いたままで「何も決めたわけじゃないから」と言った。

「えっ⁉」

「海外で結婚式を挙げるという選択もあるってだけの話だよ。それに、渡航前に綾夏のご家族に挨拶をして、入籍してから行きたいのが本音だから」

結婚しようとは言っていたが、いくらなんでもそんなに早いとは思わなかった。

「まだ早いなんて、さすがにもう言わないよな？」

「うーん、急だとは思う、けど……」

だが、家族に病気のことも話さなければいけない。

未来への一歩を踏み出すために、やるべきことはたくさんある。

「そうだね。善は急げって言うしね」

「まあ、パスポートや手続きを考えると、先に入籍するのは渡航時期が遅れる問題がある。だから、入籍は帰国後までお預けになりそうだ」

「その前に、本上家に来てもらわないと。いろいろ話さなきゃいけないことがあるから」

「俺としては今すぐ区役所に行って入籍しても構わないんだけど」

「それには、書類がいろいろ必要でしょ？」

「水族館はまた後日にして、先に入籍する？」

「帰国後に、ね！」

赤面した綾夏がよほどおもしろかったのか、優高は声をあげて笑った。

「優高さんて、たまに、ていうか、わりと、意地悪だよね？」

「どうだろうな。綾夏がかわいいせいじゃないか？」

「詭弁だよ。好きな子に意地悪するなんて、素直じゃないと思う」

「たしかに。綾夏には、もっと優しくしたいと常々思ってる」

だから、と彼が運転しながら続ける。

「結婚したら、毎日俺が綾夏の髪を乾かすのはどうだろう」

「……え、どうって、それは」

「ああ、綾夏も俺の髪を乾かしてくれていいよ。好きな子に優しくされるのも、幸せだろうからね」

　未来の話を、堂々とできる。

　彼はそのことを、暗に伝えてきてくれていた。

　手術が失敗するかもしれないことよりも、成功したあとのことを話そう、と優高は言っているのだ。

　——そうか。海外ブライダルの提案をしてくれたのも、同じ理由なんだ。

　ほんとうは、いつだって彼は優しい。

　相手の負担にならないよう気遣ってくれるから、ときどきわかりにくいこともあるけれど。

「優高さんって」

「ん？」

「かわいい人だなって思う」

「……あまり、嬉しくないんだが」

「ふふ、そういうところもかわいくて好きだよ」

　八景島が、近づいてきていた。

§　§　§

それからの日々は、慌ただしかった。

綾夏の実家にふたりで出向き、両親に病気のことを説明した。

心配する両親に、優高は海外での手術について懇切丁寧に話してくれた。綾夏ひとりでは、きっと感情的になってしまっただろう。

優高のおかげで、ずっと抱えてきた秘密をひとつ、手放すことができた。

それから何度か、優高と本上家で夕食を囲んだあと、結婚したいと思っていることを話した。

突然すぎる話に、父も母も面食らうとばかり思っていたが、姉の千冬が優高に頼まれてうまく手を回してくれていたらしい。

「一ノ瀬さん、綾夏は昔からとても前向きな子なんです」

母の言葉に、優高が「はい」と神妙な顔で答える。

「お人好しと言ってしまえばそれまでなんですが、親のわたしたちから見ても、この子はなんというか、とても強くて。裏切られたことがないから信じることができるのではなく、裏切られても信じつづける力がある、とわたしたちは思っています。そういう子ですから、どこにいても何をしていても幸せになれると思いますが、よかったら一ノ瀬さんの隣でずっと幸せでいさせてくれますか？」

「全力で、一緒に幸せになろうと思います」

彼の返答に、家族みんなが心の中で拍手を送っていた、とは、のちに美春から聞いた話だ。

幸せにします、なんて言わない優高の驕り高ぶらないところがいい。

「わたしも、一緒に幸せになろうって言える人と結婚するから！」

「美春はその前に、塾の課題やりなさいよ」

「冬姉、手伝ってくれないの？」

「誰の受験よ、誰の！」

――いつもどおりだ。

久しぶりに帰った実家で、綾夏は家族のことを覚えている自分に安堵していた。

きっと忘れている思い出もあるのだろう。

だけど、誰ひとり存在を忘れることなく、結婚の報告ができた。

「綾夏の家族は、みんな綾夏に似ているんだな」

帰り道、坂を下っているときに優高がぽつりと言う。

「そう？　顔はあんまり似てないと思うんだけど」

「顔そのものじゃなくて、考え方とか笑い方とか、そういうのが似てるよ」

「じゃあ、優高さんともこれから似てくるかもしれないね」

「俺と？」

「だって、結婚するって家族になるってことだし」

歩道に長い影が伸びる。

来週には、アメリカに渡ることになっている。

検査入院を経て、状況によってはそのまま手術まで滞在するかもしれない。

——これが、最後になる可能性だってあるんだ。

手術は危険を伴う。桐生が懸念していたとおり、現時点での先方からのメールにも、命にかかわる危険性があると記述があった。

それでも。

背後から夕日が照らす坂道を見下ろして、綾夏は思う。

——わたしは、もう何も忘れたくない。何も、失いたくない。未来の話をして、ずっと優高さんと歩いていきたい。

「なあ、綾夏」

「うん？」

「綾夏は、俺にもう一度一緒に過ごす権利をくれた」

隣を歩く優高が、静かな声で話す。

「本音を言えば、たとえ綾夏が記憶を失っていくとしても、ただ生きていてほしいと思ってる。きみのいない世界なんて、想像もできない。生きていてくれるだけでいいと、思う気持ちもある。だけど——」

つないだ手に、力がこもる。

彼もまた、不安なのだとわかっていた。

アメリカへ行くと最終的に決めたのは、綾夏なのだから。

「だけど、それは俺のエゴだ。記憶を失うのは俺じゃなくて綾夏だ。だからもし、綾夏が手術を受けると決めても、受けないと決めても、俺はきみの意見を尊重する。何があっても、綾夏を応援する」

「ありがとう。優高さんは、いつもわたしに自由をくれるね」

「そうだったら嬉しいけどな」

「そうだよ。自由って、ほんとうは少し不安。だけど、優高さんは自由をくれるだけじゃなくて、わたしの選んだ自由を一緒に歩こうとしてくれる」

長く伸びた影が、ふたつ重なる。

「日本に帰ってきたら、また花火をしよう。ほかの水族館にも行こう。それから、子どもが生まれたら引っ越しも考えなきゃいけないな。俺は、きみを束縛しないよう気をつけないと。自由をくれると言われた矢先に、子ども相手に綾夏の取り合いなんてしないように」

「ふふ、気が早いなあ」

だけど、未来の話はいつだって幸せの色をしている。

涙がにじむのもきっと、幸せだから。

——わたしは、この幸せを守るために手術を受けよう。どんなに可能性が低くても、きっと……。

そう考えてから、あまりに確率が低すぎる場合には手術を受けない選択肢を選ぶ勇気も必要だ、と自分に言い聞かせる。

「今夜、何食べようか」

「うーん、結婚の挨拶でわりと胸いっぱいなんだけどな」

「優高さん、緊張してたの？」

「してたよ。当然だろ」

「えっ、ぜんぜんそうは見えなかった」

「そう見せないように努力してるんだよ」

「努力家だね」

「……ぜんぜん、心がこもってないんだが？」

「こもってるよ。すごいなって思ってる！」

「はいはい、そういうことにしておくよ」

「そっちこそ、心が足りないよ！」

「愛情なら、自信がある。今夜、確かめてみる？」

「もう！」

沈みゆく夕日に照らされて、愛する人の頬は橙色に染まっていた。

§　§　§

「Mr．イチノセ、準備が整いました。手術室に入る前に、彼女と話ができますよ」

医療通訳士の国木田が、優高を呼ぶ。

「行きます」

座っていたベンチから立ち上がり、国木田が手招きする廊下へ向かった。

アメリカに来て十日。

ついに今日、綾夏は脳外科の最新医療を得意とするドクターのもとで手術を受ける。

「えー、優高さん、来ないでって言ったのに」

ストレッチャーの上に横たわる彼女の声は、いつもと同じくやわらかだ。

「髪の毛、剃ったから見ないでって言ったよね？」

手術に臨む綾夏は、術野部分の髪がなくなっていることを気にしていた。

「綾夏が戦う姿だろ。写真には撮らないから、安心して」

「写真なんて撮ったら、退院してから三カ月はワガママ言うところだよ」

「三カ月でいいなら、カメラ……」

「嘘！　やだ、駄目です！」

——笑え。

心臓が壊れそうなほどに早鐘を打つ。

だが、不安な顔を見せるのは絶対に違う。

——もっと笑え。綾夏がいつもどおり、手術室に入っていけるように。

「戻ったら、シカゴピザを本場で食べよう」

「うん、チーズたっぷりのね。楽しみにしてる」

「ステーキもつける」

「太っちゃうなあ」

「太っても、変わらず愛してるよ」

「喜ぶべきところかな?」

――だから、生きて帰ってきて。

気を抜いたら、その場にしゃがみこんでしまいそうだった。

「じゃあ、行ってきます」

「行ってらっしゃい。待ってるよ」

「無理しないで、ちゃんと休んでね」

白い手が、ひらひらと揺れた。

そして彼女を乗せたストレッチャーが、優高の前から去っていく。

手を伸ばしても、届かない。

手術室につながるドアが閉まると、廊下はしんと静まり返っていた。

「綾夏……」

成功率は、ただの数字だ。

たとえ成功率が九十九パーセントだとしても、一パーセントは失敗する。

――神さま。

優高は、十歳で母と引き離されて、父のもとで育てられた。

大好きだった母とはその後一度も会うことなく、葬儀にも行かせてもらえなかった。

――だから俺は、神に祈るなんて無駄なことは今までしたことがない。だけど、今だけは、お願いだ、神さま。そんな存在がこの世のどこかにいるのなら。

「綾夏を、彼女を助けてください……！」

廊下に膝をついて、優高は両手を組み合わせた。

指と指を交互に組む祈りのかたちは、綾夏と恋人つなぎをしたときと同じ。

この手の中に、彼女との思い出を閉じ込めている。

未来は、まだ見えない。

これから数時間、綾夏が戦い抜くその先に、ふたりの未来が待っている。

――綾夏、きみが助かるなら俺はもう何もいらない。きみだけいればいい。金も会社も、なんだって手放す。子どもだって、望まない。ただ、きみがいてくれるなら、それだけで……。

彼女と出会って、たくさんの優しさを知った。

だから今は、ただ祈る。
心のすべてを賭して、彼女の手術の成功を祈る。
神が、世界一愛した女性を連れていかないように、と――。

§　§　§

いつか見た、青空。
あの人と歩いた坂道の先。
どこまでも、どこまでも、世界は美しかった。
――ああ、またこの夢だ。
水の中から見上げた、遠い太陽。
口からぶくぶくと泡を吐き出して、両腕で水を掻く。
大きな銀色の魚の姿が見えた。
――行かないで。それは、わたしの記憶なの。
ひらり、ゆらり。
長くやわらかな尾が揺れる。

手を伸ばして。

何度も、何度も。

届かないと諦めるのではなく、どうしても取り戻したいと、足掻いて、藻掻(もが)いて。

夢の中で、数え切れないくらいその魚に出会った。

一度も届いたことがないのに、また追いかけるのはどうして？

──だって、わたしの記憶だから。わたしのものだから。

水面に近づくほど、体は重くなる。

魚は、初めてこちらに振り向いた。


「わたしの記憶、どこにも行かないで」


そして、一斉に漣(さざなみ)が押し寄せてくる。

体が流される。

目を開けていられない。

両手が波に押しやられて、前髪が水中で踊る。

苦しかった。

怖かった。
悲しかった。
だけど、彼を愛していた。
だから。
彼を愛しているから、諦められない。
もう一度、もう一度だけ。
目を開けて、手を伸ばす。
そこには、いつだってつかめないはずの美しい尾があった。
――わたしの、記憶。

力いっぱい握りしめた魚の尾が、あたたかなぬくもりに変わる。
それは。
それは、よく知る力強い大きな手。
それは、何度でもわたしを引き戻してくれる、あの人の。

「綾夏」

愛しい人は涙のにじむ目を細めて、優しい声でわたしの名前を呼んだ――。

エピローグ

海岸線を、青い車が走っていく。

それを見送りながら、本上——ではなく、一ノ瀬綾夏はきらめく波の眩しさに瞬きをした。

「綾夏、ここにいたのか」

新郎は、シルバーのタキシードを着てバルコニーへの扉を開ける。

「うん、海を見ていたの」

海を？　あるいは、車を。

純白のウエディングドレスをまとった綾夏は、優高を見上げて微笑んだ。

命がけの手術から、十カ月。

手術のために剃った髪も、きれいに生え揃った。

「ああ、今日は天気がいいから海がきれいだ」

披露宴を前に、ふたりは先週婚姻届を提出したばかりの新婚夫婦である。

「優高さん、タキシードの色、シルバーにしてよかったの？」

あの手術の最中、綾夏は銀色の魚の夢を見ていた。

だんだん記憶は薄れていくけれど、記憶障害のせいではない。ただ、夢を忘れていく。それだけのことだ。

「綾夏の夢の話を聞いて、そうしようと思ったんだよ。俺たちのラッキーカラーになるだろ?」

「うーん、シルバーがラッキーカラー。なかなか派手だね」

「だけど、似合う」

「自分で言う?」

アメリカでの手術を乗り越え、綾夏の脳にできていた血腫はすべて除去に成功した。

忘れてしまった記憶は戻らないが、これからはもう忘却に怯えることはない。

「ハワイの挙式も憧れたけど、わたしはやっぱり日本がいいな」

ふたりが選んだのは、海辺の教会だった。

「おじいちゃんとおばあちゃんも、ここなら来てくれるしね」

「それはたしかに」

家族みんなに、祝福してもらいたい。

その気持ちが強かったのもあり、国内での挙式を選んだ。

「まあ、綾夏が望むなら海外でふたりきりの挙式を別途してもいい。俺は、綾夏のウエディングドレス姿なら何十回でも見たいから」

「……それ、わたしに何十回も離婚して結婚しろって言ってるわけじゃないよね？」

「その場合、相手は全部俺だろうから問題はない」

問題だらけの発言を、彼は夏空を思わせる笑顔で放つ。

「残念だけど、離婚の予定はありません。来世にご期待ください」

「いいな、それ。来世も俺と結婚してくれますか？」

「これから披露宴なのに、もう来世のプロポーズって気が早くない？」

顔を寄せ合って、笑い合って。

そのまま、どちらからともなく唇が重なる。

「あっ！」

「何、どうした」

「口紅、ついちゃった」

「えっ」

彼の唇に、わずかにずれてピンクのキスマーク。

「これはこれで、ふたりが仲睦まじいアピールとしていいかもしれないな」

「えー、さすがにちょっと、どうかなあ」

「俺は、披露宴直前に花嫁の唇を盗んだ男として、堂々と出ていける」

「来世のプロポーズの返答をためらうかも……」

「すぐ拭おう」

取り出したハンカチで、彼が口元をこする。

「これでいい？」

「うん、いい」

そう言って、綾夏はもう一度自分からキスをした。

「こら、拭いたばかりなの、わかってるだろ？」

「ふふ、たまには優高さんの困ってる顔も見たくなっちゃった。駄目？」

「駄目なことなんて何もない。好きだよ」

とはいえ、せっかくメイクしてもらったのに披露宴前に落ちてはよろしくない。

ふたりはキスしたい気持ちをこらえて、バルコニーをあとにする。

残された海は、いつまでも波をきらめかせていた。

いつまでも、いつまでも。

あとがき

ベリーズ文庫では、ほんとうにご無沙汰しています。麻生ミカリと申します。

このたびは『君がこの愛を忘れても、俺は君を手放さない』をお手に取っていただき、ありがとうございます。

本作は、企画段階から担当さんと相談をし、恋愛映画のような物語にしようと書いたものです。

楽しんでいただけたでしょうか?

ちょっと普段とは違うお話を心がけたので、ご満足いただけるかドキドキしながらのお届けとなります。

こういう機会をくださった担当さん、編集部、営業部の皆さまに心より感謝を!

そして、とても優しくて美しいカバーイラストを描いてくださった八千代ハル先生。過去にもお仕事をご一緒させていただきましたが、ほんとうに大好きなイラストレーターさんです。

物語を考えているときから、八千代先生にイラストを描いていただけるかもしれないと聞いていたので、絵柄を想像しながら執筆しました。

結果、わたしの想像をはるかに超えるステキすぎるイラストを拝謁したときには、感無量でした……！

最後になりましたが、この本を呼んでくださったあなたに最大級の感謝を込めて。

あなたの読書の秋を、少しでも彩ることができたら幸いです。

またどこかでお会いできる日を願って。それでは。

麻生(あそう)ミカリ

麻生ミカリ先生への
ファンレターのあて先

〒104-0031
東京都中央区京橋1-3-1
八重洲口大栄ビル7F
スターツ出版株式会社　書籍編集部　気付

麻生ミカリ先生

本書へのご意見をお聞かせください

お買い上げいただき、ありがとうございます。
今後の編集の参考にさせていただきますので、
アンケートにお答えいただければ幸いです。

下記URLまたは二次元コードから
アンケートページへお入りください。
https://www.ozmall.co.jp/enquete/IndexTalkappi.aspx?id=2301

君がこの愛を忘れても、俺は君を手放さない

2024年10月10日　初版第1刷発行

著　者　麻生ミカリ
©Mikari Asou 2024

発行人　菊地修一

デザイン　hive & co.,ltd.

校　正　株式会社鷗来堂

発行所　スターツ出版株式会社
〒104-0031
東京都中央区京橋1-3-1　八重洲口大栄ビル7F
TEL　03-6202-0386（出版マーケティンググループ）
TEL　050-5538-5679（書店様向けご注文専用ダイヤル）
URL　https://starts-pub.jp/

印刷所　大日本印刷株式会社

Printed in Japan

乱丁・落丁などの不良品はお取替えいたします。
上記出版マーケティンググループまでお問い合わせください。
定価はカバーに記載されています。

ISBN 978-4-8137-1650-1　C0193

ベリーズ文庫 2024年10月発売

『航空王はママとベビーを甘い執着愛で囲い込む【大富豪シリーズ】』葉月りゅう・著

空港で清掃員として働く芽衣子は、海外で大企業の御曹司兼パイロットの誠一と出会う。帰国後再会した彼に、契約結婚を持ち掛けられ!?　1年で離婚もOKという条件のもと夫婦となるが、溺愛剥き出しの誠一。やがて身ごもった芽衣子はある出来事から身を引くが――誠一の一途な執着愛は昂るばかりで…!?

ISBN 978-4-8137-1645-7／定価781円（本体710円＋税10%）

『冷酷な天才外科医は湧き立つ激愛で新妻をこの手に堕とす』にしのムラサキ・著

院長夫妻の娘の天音は、悪評しかない天才外科医・透吾と見合いをすることに。最低人間と思っていたが、大事な病院の未来を託すには彼しかないと結婚を決意。新婚生活が始まると、健気な天音の姿が透吾の独占欲に火をつけて!?「愛してやるよ、俺のものになれ」――極上の悪い男の溺愛はひたすら甘く…♡

ISBN 978-4-8137-1646-4／定価770円（本体700円＋税10%）

『一度は諦めた恋なのに、エリート警視とお見合いで再会!?～最愛妻になるなんて想定外です～』吉澤紗矢・著

警察官僚の娘・彩乃。旅先のパリで困っていたところを蒼士に助けられる。以来、凛々しく誠実な彼は忘れられない人に。3年後、親が勧める見合いに臨むと相手は警視・蒼士だった！　結婚が決まるも、彼にとっては出世のための手段に過ぎないと切ない気持ちに。ところが蒼士は彩乃を熱く包みこんでゆき…！

ISBN 978-4-8137-1647-1／定価770円（本体700円＋税10%）

『始まりは愛のない契約でしたが、パパになった御曹司の愛に双子ごと捕まりました』蓮美ちま・著

幼い頃に両親を亡くした萌。叔父の会社と取引がある大企業の御曹司・晴臣とお見合い結婚し、幸せを感じていた。しかしある時、叔父の不正を発見！　晴臣に迷惑をかけまいと別れを告げることに。その後双子の妊娠が発覚し、ひとりで産み育てていたが…。3年後、突如現れた晴臣に独占欲全開で愛し包まれ!?

ISBN 978-4-8137-1648-8／定価781円（本体710円＋税10%）

『冷血悪魔な社長は愛しの契約妻を誰にも譲らない』晴日青・著

円香は堅実な会社員。抽選に当たり、とあるパーティーに参加するとホテル経営者・藍斗と会う。藍斗は八年前、訳あって別れを告げた元彼だった！　すると望まない縁談を迫られているという彼から見返りありの契約結婚を打診され!?　愛なき結婚が始まるも、なぜか藍斗の瞳は熱を帯び…。息もつけぬ復活愛が始まる。

ISBN 978-4-8137-1649-5／定価770円（本体700円＋税10%）